TIMMY A
THE GOLDENMOLE

提米与金鼹鼠

[英] 保罗·尼科尔斯（Paul R Nicholls） 著/绘

刘文芝 译

中华工商联合出版社

图书在版编目（CIP）数据

提米与金鼹鼠 /（英）保罗·尼科尔斯（Paul R Nicholls）著；刘文芝译 . -- 北京：中华工商联合出版社，2021.5

ISBN 978-7-5158-2710-0

Ⅰ . ①提… Ⅱ . ①保… ②刘… Ⅲ . ①长篇小说 – 英国 – 现代 Ⅳ . ① I561.45

中国版本图书馆 CIP 数据核字（2021）第 034688 号

提米与金鼹鼠

作　　者：（英）保罗·尼科尔斯（Paul R Nicholls）
译　　者：刘文芝
出 品 人：李　梁
责任编辑：吴建新
装帧设计：张合涛
封面插画：肖　鸣
责任审读：李　征
责任印制：迈致红
出版发行：中华工商联合出版社有限责任公司
印　　刷：北京毅峰迅捷印刷有限公司
版　　次：2021 年 8 月第 1 版
印　　次：2021 年 8 月第 1 次印刷
开　　本：880mm × 1230 mm 1/32
字　　数：165 千字
印　　张：7.25
书　　号：ISBN 978-7-5158-2710-0
定　　价：45.00 元

服务热线：010-58301130-0（前台）
销售热线：010-58302977（网店部）
010-58302166（门店部）
010-58302837（馆配部、新媒体部）
010-58302813（团购部）
地址邮编：北京市西城区西环广场 A 座
19-20 层，100044
http://www.chgslcbs.cn
投稿热线：010-58302907（总编室）
投稿邮箱：1621239583@qq.com

凡本社图书出现印装质量问题，
请与印务部联系。
联系电话：010-58302915

目录

引子

塔尔帕（Talpa）！

塔尔帕（Talpa）！

郊野的微风中传来轻轻的乌鸦啼叫，茂盛的玉米地仿佛营造出一片海洋的景象，那是一段如梦似幻的日子，那是一种不真实的感觉。

先介绍一下故事的主人公，他叫提米，身形瘦削，在12岁这个年龄的孩子里个子已经算很高了，顶着一脑袋蓬松的头发，头上有两块明显的金色小斑块，好像做了一个此处可鸣笛的记号。学校的暑假临近结束，此时此刻说他百无聊赖可一点儿也不过分。

第一章
野外奇遇

提米在野外坐下，正准备歇一会儿。他在短暂的英国夏日里沐浴着炽热的阳光，脑海中幻想着有一艘帆船正穿过不远处的大片玉米地。四周静谧无声，大地的音量旋钮仿佛被调到了静音。倏地，就在前面靠近森林的玉米地边缘，提米目及之处出现了一处小变化。

他站起来，眯起眼，定睛观看，发现不远处出现了一个小土堆，太阳照射下的景色有几分梦幻般的恍惚，好奇心驱使他走过去瞧一瞧。

他慢慢地靠近，站在了离还在扩大的土堆大约四英尺远的地方，他发现地面上有轻微的颤动，然后土层表面慢慢露出两个小物体——居然是一对小爪子，呈奇特的小铲子状。这对小爪子正在勤奋地工作，好像在搅拌着土壤，提米对长有这样一副爪子的小动物一无所知。

土堆的外围，有几根玉米秸秆随意地倾斜着，好像在向从里面冒出来的什么东西鞠躬致意。小爪子回到洞里消失了片刻，很快又出现了。随着一个芭蕾般的动作，小爪子改变了方位。它先停顿一下，然后又拍打了几下，让小爪子嵌入松软的土中，很明显，小爪子要把什么东西拉起来。不一会儿，小爪子以外的部位露了出来。

起初，提米只能看见一个小鼻子，上面带着稀疏的细胡须。然后，更加惊奇的事出现了。在强烈的太阳照耀下，他瞥见一个身披金光的小动物，从土里露出了半个身体。提米屏住呼吸，一动不动，担心任何噪音都可能打破正紧紧抓住他的魔力，这种魔力似乎还改善了他的视力，使他能够看清小动物身上的每一根金毛。

提米看到，小动物似乎吃力地摇摆着，如同一个自推式螺旋开瓶器一样转动，然后累得扑通坐下，很显然它叹了口气，在银色鼻子前掀起一个小土槽。

提米看呆了。正入神时，不知哪儿来了一只吸吮了太多花蜜的大蜜蜂，嗡嗡地飞到了眼前。他迅速反应过来，盯着蜜蜂的黑色圆屁股快速转身躲闪，转眼间那个亮橙色花粉袋紧贴着腿的家伙也顷刻消失。这时，提米才意识到自己已经失去了平衡，倒在了土堆前。

大地重回沉寂。他发现自己正在土堆的底部，新翻过的土壤托着他的下巴，好像在痴痴地找寻刚才出现过的一个奇妙的小动物，他在《世界百科全书》里也没见过。

提米的爷爷曾送给他一本百科全书，那是上一个圣诞节的礼物，他努力试图从头读到尾……至少要读完字母K至L一章吧，他对K里面介绍的考拉最感兴趣，可他觉得L里面有关环礁湖（Lagoon）的内容太无聊了。环礁湖的内容读来让他很不耐烦，于是他放下这本学术书，走向田野，路过一个臭烘烘的猪圈，向伯克希尔高地和远处的玉米地走去。

新鲜土壤的气味把他重新拉回到眼前这个神秘的地方，既然没人叫他爬起来，他就势手撑着头，陷入沉思。很可惜，土堆里没了动静，小爪子消失了。显然，那个小家伙受到了惊吓，如果他再往前摔出六英寸，他一定就把那只小动物压扁了。

他重重地叹了口气，气流也形成一个土槽，比他看到的只有手掌那么大的小动物吹出的土槽可大得多。好像一声叹息不足以平息提米的失望，他又叹了口气，还加重了一点，这一次，浮土吹到了土堆另一侧一个洞口的边缘，一些浮土还滚进了洞。于是，提米用肘部支撑，像螃蟹一样前行，拖着身体往洞里看。

太阳当头，投在土槽两侧的阴影使得洞口就像一块吸光的黑盘。其实，他看着阴影遮盖的洞口觉得有些紧张，生怕有什么东西突然冒出来。

提米的每次呼吸，都能使一些细土缓缓地流回洞里，每一个小土粒都像一只旅鼠，奔向了未知的目的地。这个发现让他很开心，他可以在洞口边缘吹气，用气流制造一个个小塌方。

这一天注定要发生点什么。就那么一瞬间，乌鸦停止了鼓噪，昆虫中断了哼唱，玉米也不再婀娜舞动，提米可以发誓，尽管比丽丝姨妈不乐意听，他还是要发誓，他听到了一个鼻子吸气的声音！

白天的各种喧闹声又回来了。他继续在洞的周边吹着，微弱的抽鼻子的声音又出现了，声音逐渐变大了一点，提米向洞里窥视，他认定声音就源自这里。

没错，一次，又一次，虽然声如细丝，但不会错……是鼻子吸气的声音。也许那个小家伙就猫在洞里？

他听得很认真，心情激动得有些喘不上来气，他可不想再次惊吓到那个小动物了。可是事与愿违，提米的鼻子突然间有点发痒，想要打个喷嚏。于是，他使劲屏住呼吸，捏着鼻子努力抑制着，两只眼球憋得鼓鼓的。

周边万籁俱寂。

突然，一个有点吓人的回声从地下传来，好像是个大喷嚏，吹得滚进洞里的浮土也随之涌出，提米的头发都被吹得直向后倒。

紧接着，提米目睹了一件不可思议的事情。

随着一个“Choooooo”的喷嚏声奔跃而出，洞口上方大约两英寸的地方显露了一副精巧的小眼镜，明显是喷嚏吹出来的。小眼镜在明媚的阳光下翻腾摇摆，熠熠闪烁。微小的眼镜在空中悬浮片刻，又跌回洞中，被黑暗吞噬。

提米简直无法相信眼前的情景，莫非是喝酒产生了幻觉？今天午饭，他喝了不少比丽丝姨妈的蔓菁酒，她称之为奇特的开胃酒，提米一听到这个词，就会情不自禁地想起爷爷放在床头柜上玻璃杯里的假牙。

提米目瞪口呆。

谁会相信他看到了一副微型眼镜随着一个喷嚏从地下忽然出现？喷

嚏又开始了，先是发出连续的抽鼻子声，紧接着一个大号的喷嚏声——“Chooooo”，不仅从洞里送出了小眼镜，紧随其后的还有一个相当花哨的小物件。该怎么称呼它呢？手帕，嗯，这个称呼比较贴切，虽然它特别小。你可能会把它误认作一朵飘浮的羽毛，就像秋季里，你在真正可以垂钓的河流上会看到一些飘浮物，“爷爷的胡子”，提米听到别人就这么称呼它们。

眼镜在空中闪烁了一下，“噗”的一声就掉落在洞口边上，提米眼疾手快，拿了起来，凑近眼前打量。几乎同时，刚才看到的那只小动物急促地伸出头来，头上披着一圈土，如同戴着泥土装饰的王冠。这只金色的小动物开始到处寻找什么，它用爪子拍打土地，好似在长毛地毯上寻找一枚大头针。与拍打同步，它像以前一样螺旋扭动，动作逐渐加快，还变得有些歇斯底里。

他看得如醉如痴。小动物找了一会儿，停止了动作，它转过身，从容不迫地看向提米，两只圆圆的黑眼睛打量着他。十分搞笑的是，两只小爪子往后一放，贴在皮毛深处想象中的臀部上。

然后，令人惊讶的事情又出现了，小家伙用动物的腔调发出了一个声音。

“Pweeze。”

哎呦，这是一个单词吗？提米正想着，它又说出了“Pweeze”，这次不再是短促而尖细的“Pweeze”发音，而是拉了一个

长音——“Pweeeeeeeeeeeeeeeeze”，还伸出了一只铲子似的小爪子。提米马上明白了，小动物想要回正在他指尖捏着的那副小眼镜。

他被眼前小动物发出的声音震慑住了，他觉得必须得把眼镜放回到那只翘起的小爪子里。

提米屏住呼吸，大气不敢出，此时此刻，可别打扰了这个小动物。这种震惊，不亚于这周早些时候，他听到比丽丝姨妈对他妈妈说话时受到的强烈刺激。

“格雷斯，”姨妈说，“盖博太太正在家里走着，突然有一只老鼠从

威尔士梳妆台上跳了下来，直冲向她脖子上的颈静脉，可怜的老太太吓得直挺挺倒地，人就没了。”

提米瞠目结舌，伸着脖子等着听下文。

小动物又躁动不安地开始扭动，在离洞口几英寸的地方停了下来。

“Pweeeeeezzzzeeee。”它又叫了起来，这回声音有些不耐烦。

提米心说这真是一个会说话的小动物吗？难道“Pweeeeeze”就是“请”的意思？眼前这件事，早超出了多喝几口蔓菁酒带来的反应，让人有一种吃了太多草莓会出疹子的恐惧。

提米再也憋不住气了，他重重地呼出一口气，气息把小动物头顶上的土花环吹落，到了地上还保持着一个完美的圆圈。

提米本来睁着眼，可吹起的泥土奔向了四面八方，他只好闭上了眼。他面前的小家伙，在气浪的冲击下，用那双船桨一般的爪子盖住了脑袋。

看着这个小动物，提米感到有些尴尬，紧张得咳嗽了几声。小动物伸开爪子，梳理丝绸般的皮毛，眼睛审视着提米。

“Pweeze。”它说，这次没拉的那么长。

小动物的声音深沉而厚重，听起来像他的音乐老师邓博里先生，他妈妈形容这位老师“很有智慧”。邓博里先生一边凝望着客厅墙壁的某处，思考着一些遥远的问题，一边给提米灌输着钢琴的技巧。先生发“Piano”（钢琴）这个单词的音与众不同，他念成“Pinocchio”。先生说话方式断断续续，又短又快，伴着浑厚的男中音，低音“G”在抛了光的宝贝钢琴上回荡开来。

如果有人能识别更多的像“Pweeeze”一样的陌生词，你就会发现小动物的语速只不过是慢了点儿，却富有智慧，还透出友善。提米凝视着这个小家伙，看着它把小眼镜钩在皮毛深处的某个地方，周边压出了褶皱。夏天傍晚赭色天空呈现的色彩，装点在它金色而奇妙的外衣上。它抬起头来，聚精会神地看向他，眼睛被镜片放大了，变成了两个深玛瑙似的球体。

傍晚的微风吹拂，大地在向温暖的太阳告别，小动物鼻子上的几根胡须微微颤动。小动物又开始了提米见过的旋转运动。随着小土堆逐渐降低，提米注意到小动物实际上是被困在洞里了。它精疲力尽，身体前倾，一半里一半外，处在一个很糟糕的尴尬位置上。

提米伸出手，用食指把小动物腰周边的土拨开，然后腾出手，轻轻点了一下疲惫不堪的小动物屁股，发出困境解除的信号。当自由重回它的四肢，小家伙看起来比之前更显精神抖擞。它弯下腰，夕阳笼罩着它的全身，眨眼之间，就以迅雷不及掩耳之速向森林奔去。

提米有些茫然，就像眼看着一个发条上得过紧的玩具，以超音速一般飞驰，小眼镜还在鼻梁上蹦蹦跳跳。他沉迷其中，眼下唯一能做的就是抬腿追赶，眼睛追踪着那个疯狂的小家伙。渐渐地，视线中出现一棵遮天蔽日的大橡树，大树底部露出一个有锯齿状痕迹的方形小洞，里面有地道，那个与他相伴一下午、带给他无比快乐的小家伙须臾间消失于其中。

要是再跑快点就好了，他想，也许就能追上这个小家伙。

气喘吁吁的提米来到橡树跟前，靠着大树喘着粗气。过了一会儿，好像为了证明这是一件真事，他看见小动物又露了露头。他可以第二次对天发誓，他看到小家伙在进入黑洞之前，露出了一个微笑。他还设想，这个微笑是眼镜在鼻梁上抬高以后出现的那种，爷爷就是这样，一边往鼻梁上方推着眼镜，一边微笑着讲述自己年轻岁月的往事，沉浸在旧日重现的时光里，享受着比旁听者更多的快慰。

第二章

久远的信封

提米还坐在老橡树旁痴痴地等待，他想再看到那个小动物。他假装低头打瞌睡，却不停地抬眼对着洞口偷瞄，希望那个会说话的小家伙以为他真地在睡觉，从而放心地走出洞穴。时光流逝着，他已经显出了一点疲惫。

他到现在都不敢相信这个小家伙的确会说话，还能发出一个怪音，为此，他足足琢磨了半个小时。临近傍晚，带着凉意的晚风吹进他有些凌乱的衣服，也吹散了他的幻想，这时他才意识到暮色降临，树上的乌鸦为晚间栖息而兴奋地呱呱叫着，远处母牛也哞哞叫着走进牛栏。

回家的路上，提米又一次经过那个小土丘，今天的历险就是从那里开启的。他下意识地停下脚步，茫然地伫立，想起下午碰到的极为离奇的小生灵。这事儿说出去谁会信呢？他知道没人相信，这事儿太奇特。当然，如果他一说出口，充满魅力的冒险也就同时失去了神秘的魔力，

所以他决定谁都不告诉。

提米准备跑步回家。恰在此时，像孩子一样顽皮的一阵风，撩起了他眼前的头发，这时耳边传来一声喷嚏！提米循声转头，眼瞅着一块特别小的布片，从那个小土丘的洞里飞了出来。

小手帕!

小手帕被风纠缠着玩耍嬉戏，如同舞动在两个无形的球拍之间。提米看准时机，抓住了那块精致的小手帕，然后死死地攥住拳头，看都不敢看，生怕它再跑掉。就这样，提米带着今天历险的“猎物”回家了。

一路上，提米这个小探险家思绪难平，始终沉浸在这些怪异的事情上，走路都显得有些漫不经心，还被一块大石头绊了一跤，活像一支长跑队里的掉队者。终于，见到了自家那熟悉的白房子，家里那只忠实的老狗用汪汪声向归来的小英雄致敬，也给他鼓劲。

菲戈，一只忠实的黑色猎犬，名字是提米起的，来自他喜欢的那位葡萄牙著名足球运动员。菲戈每天大部分时间都在家里那个破旧的皮沙发上睡觉，它除了问候问候提米，已经很少四处走动。它的视力随着年龄增长，变得模模糊糊，但它还有雷达般的听觉，时时刻刻都可以侦测家里每个人的行动轨迹，它的耳朵进入扫描状态时，眉毛会偶尔向上挑一挑。每当菲戈的“情感包袱”提米不在家时，它就变得焦躁不安。提米一靠近，它就用四条站不稳的腿支撑着慢慢站起来。每条腿都显得动作迟缓，但一旦全部立住，菲戈就能快速运动。这一次，菲戈彻底嗅了嗅提米全身的气味，才让他走过去。它准备接着睡觉。它先本能地踩了几下脚下假想的长草，然后蜷卧在沙发上，继续打起盹来。

提米仍然不敢看他手里攥着的小布片，生怕一阵风把自己弄丢的宝物收回去。他急匆匆地走进书房，那里有个放大镜，是个大家伙。打开灯，张开拳头，他把布片轻柔地放在深色的木桌上。百叶窗就像书房的“眼睛”，半开半闭，好像书房在漫长的假期里正昏昏欲睡，壁炉上的台钟嘀嘀嗒嗒地响着，提示着书房的心跳也已经放缓。

他拿放大镜对准那块小织物，哇，那绝对是一块小手帕，四周还满是褶边。手帕的一个角上，可以辨认出一些缝得很细密的字母，上面写着“Elomnedlog”或类似的字母。他一遍又一遍地读，重复得越来越快，最后听起来就像咕噜咕噜在铁轨上奔跑的火车，目前为止，提米还解不开这个谜团。他嘴里继续嘟嘟囔囔，吹得小手帕移动起来，滑向了桌上那本打开的一位前任检察官留下的《邮票大全》。

手帕突然停住了，落在书页上，这下可算安全了。提米又把那个笨重的放大镜拖拽过来，一拖一拽，抛光上蜡的桌面上就留下了一道划痕，他舔了舔手指，蘸点唾液在桌面上涂涂抹抹，划痕瞬间修复。还有一处划痕，也别让妈妈发现，他随手拿了一本书盖上。

这回他把放大镜贴得更近一点，焦点对着小物件，上面的字能看得更清楚了。

呵呵，他现在拼出了两个单词——“Golden Mole”。

这不就是先前看到的“Elomnedlog”，倒过来变成了“Golden Mole”吗?

他怎么没认出来呢?提米认识“Golden”（金黄色）这个单词，但不知道“Mole”这个单词什么意思。他大声地重复，绞尽脑汁琢磨研究，先拉长首字母M，念成“Mmmmmmmmmmmmmmmmmmmmmole”，然后再强调尾

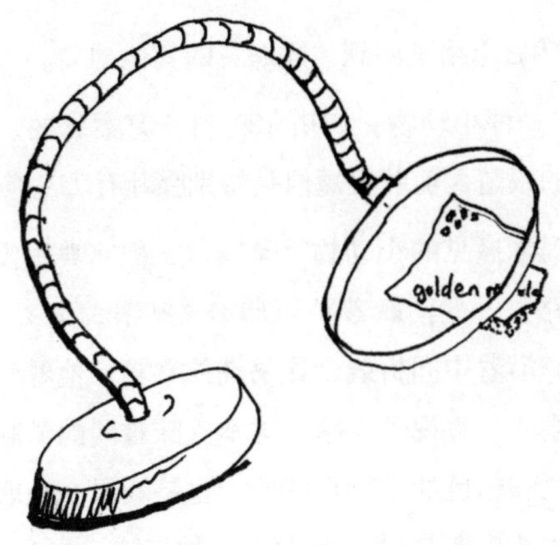

字母E，念成“Moleeeeeeeeeeeeee”。再然后，他试着模仿沃尔姨妈慢吞吞的比利时腔调，读出一个“法国式”的“Molay”式发音。嗯，好像都可以，但还是选择通常的发音吧。

提米不认识“Mole”，因为他还没看百科全书从M到O开头的词汇条目呢。

现在，在书房这个恰当的地方，正是追寻“Mole”奥秘的绝佳时机。他伸手就去拿那本大词典，没打算去找那本百科全书，那本书在他自己的房间里，因为眼下，尽快揭开谜底比爬上楼梯翻书更重要。另外，现在他也怕碰到家里人，如果问他干什么，他该怎么回答？

提米翻到字母M打头的词语，开始查找“Mole”。“Mole”跟在“Moldavia”之后，还被分成了几类，他依次喃喃细语，快速判断哪个“Mole”是他想要的。

“皮肤上有异常色素沉着”，他深思了片刻，想了想哪些人带有

“异常色素”，然后思绪跳回到“Mole”的其他词义。

他读道：“一种小动物，属塔尔帕科，有柔软的、通常是黑灰色的皮毛，非常小的眼睛，前肢很短但是特别强壮有力，善于挖洞。”

太好了，提米撞见的小动物就是鼹鼠，但字典里没提金色毛发。他平息少顷，思路又开始活跃着跳回那本《邮票大全》。他重新翻开夹着手帕的那一页，沿着中间折线，让书铺放平整。他看到的东西让他惊讶地张开了嘴，刚才一直视若无睹，这本气味难闻的《邮票大全》上整整一页都贴着黑色和棕色的小动物邮票，也是鼹鼠。一般情况下他不会打开这本旧书，因为贴邮票的鱼胶发出一种气味。当时不确定是什么味，直到有一天，他在野外郊游中捕获了不少小生物，第二天醒来一闻它们的气味，提米判定《邮票大全》里散发的是死蝾螈的臭味。

提米扫视着零散的图片，看能不能从中找出一只金鼹鼠，结果令人失望。他想起自己看到的那只小动物，眼前一片茫然。待他再次集中注意力时，发现自己正盯着对面书架上一本绿色书脊的小书，书名是《现存的哺乳动物》，书好像故意躲在那里，不愿意被选中。

提米奇怪自己怎么以前在书架上没看到这本书呢？当他从两本关于“阿巴拉契亚山脉的动植物”的大部头著作中抽出这本书时，他注意到书中插了个书签。他把这本书拿到已经拥挤不堪的桌子上，从书签的标记处打开，出现一幅非常优美的版画，图案是一些小动物，就是鼹鼠，它们自由自在地栖息着。书签是一个旧信封，因年代久远，有些泛黄，上面的字也褪了色。信封放在这本书里，好像有人做过关于鼹鼠的笔记。他把信封翻过来，想看看另一面是不是也一样潦草地写着什么，结果看到了截然不同的笔迹，上面也只写了姓名和地址。

墨水已严重褪色，原先粗体线条中间的墨迹似乎都蒸发到了两边，给人的感觉是两个细笔尖书写了这些字。盖有1959年邮戳的邮票倒是光亮如初。提米把信封拿到放大镜前要看个究竟，这一看，不由得倒吸了一口气。

信封上面写着“霍勒斯·坎伯特”，这个名字清晰可辨，就是提米的爷爷，但爷爷为什么要在很久以前从书里查询鼹鼠呢?

他试着读出信封上褪了色的潦草笔记。他能辨认出日期，甚至还提到了季节，是1959年的夏天，很显然，这里可能涉及了“金鼹鼠”。

那么说，爷爷在多年前，就见过那些小巧可爱的金鼹鼠?是他，最后一个翻阅了这本耐人寻味的小册子吗?

提米重重地坐进那把爸爸命名的“船长椅”上，从桌上抓起那本《邮票大全》。“船长椅”通常是他处理棘手问题时最喜欢坐的，因为椅子中心区有个弹簧，可以让人一边旋转一边摇晃，有一种“飞行员的失控感”，坐在上面就可以让大脑应对和处理高深层面的问题。像今天碰到的情况，得多转几圈才能想出一个主意。

转了几圈，《邮票大全》难闻的气味终于使他再也无法集中注意力。在椅子上转了最后一圈之后，他迅速地合上书。在书页完全合上之前，《邮票大全》实施了它最后的报复，两侧合拢挤出来的气味冲向他，几乎让他窒息，与此同时，有几张邮票被吹得飞了出来。

提米把《现存的哺乳动物》夹在胳膊底下，书签还在那个位置，他起身想去找爷爷问个究竟。穿过厨房的时候，他才发现到了吃饭时间，再一看，家里人也都回来了，每日盘点大会很快将要召开。

到时，一家人将围坐在饭桌旁，说说一天里发生的各种事件，那些关于整洁和礼貌方面的话题令人不悦，在饭桌上显得多余。提米的妈妈总是忙忙碌碌，一会儿做饭，一会儿修剪草坪，一会儿抖抖沙发垫，这些垫子也好像一直在漏气。如果哪件事该做而没做，那也一定是她忙得没时间。提米的爸爸则总是笑呵呵的，自得其乐，他所表现出的四平八稳正好中和了提米妈妈的日理万机。他还对动物有浓厚的兴趣，特别是那些有羽毛的动物，这个爱好需要他时常外出，在野外的“大鸟笼”里一待就是几个小时。

提米的姐姐——丹，则完全是另外一种性格，以不好对付而闻名。兄妹俩都想在妈妈那里争宠，不可避免地要有竞争。作为更难缠的那个孩子，丹当仁不让地占去了妈妈的大部分时间。丹只比提米大两岁，但是丹在兄弟姐妹之中，扮演着小大人的角色，其成熟度远超这个星球上14岁同龄的孩子。

一天里，她会花上个把钟头照镜子。手机也占据了她不少时间，叮咚一响，她便会立即查看从不离身的手机收到的最新信息。提米很高兴她随身携带这部吵闹的手机，因为她在四处闲逛时，手机就是报警器。大家只知道提米有时爱发一个无聊的骚扰信息，实际上这是他的侦察手段，手机发出的叮咚声就像声纳反射，很容易知道丹的位置。

提米垫着脚尖，蹑手蹑脚地要从妈妈身边走过去，菲戈讨厌地汪汪叫了起来，好像它知道他想秘密行事。狗叫声中透着得意，如同在一场好玩的游戏里，它提醒大家“他就在你身后”。

当提米经过妈妈身边时，妈妈从灶台边瞥了他一眼，好像用眼神警告他“晚饭别迟到”，提米会意地咧嘴一笑。

第三章

房中密语

一般情况下，爷爷总是坐在“老人套间”的轮椅上，这间屋子紧挨着家里的正房，是去年夏天刚刚新建的独立建筑。由于昨晚发生了一件闹心的事儿，爷爷正喝着一杯甜茶宽慰自己呢。

爷爷叫提米给轮椅的轮胎打打气，由于有一个轮子太亏气，爷爷根本没办法控制轮椅朝前走，它总是原地转圈。

昨天，提米铆足了劲儿，给轮胎打足了气。然而就在半夜，爷爷床边的一声巨响震醒了老人家，老人还以为自己是在做梦呢。

老人眼看着他的轮椅猛地一歪，向前滚动，压着了花斑猫“菲菲”的尾巴，这只正打盹的小家伙在惊吓中一跃就跳上了窗帘，然后猫眼圆睁。老人依稀感觉有“嘶嘶”的放气声，直到轮椅内胎从他脸前掠过，坚硬的气门嘴击中了他的耳朵，老人这才明白发生了什么。爷爷的耳朵本来就大，被提米妈妈形容为“非洲象大耳朵”。大象这个物种都长有大耳朵，可相比印度象，非洲象的耳朵更大。

这种事情发生在坎伯特一家不算什么大事。如果挂在窗帘上受了惊吓的猫、犯了魔怔的轮椅以及阵阵疼痛的耳朵，就能让老人心烦意乱，那只能用“脆弱”二字来形容。

提米的妈妈早些时候跟提米说，爷爷好像对卧室里发生的“严重事件”有些不高兴，并充满想象力地给他描述了一下事件的缘由。是“菲菲”先咬着轮椅的轮胎玩，一直咬到爆了胎，喷出的气流把自己给顶到了窗帘上。当然，提米马上意识到，这件事跟猫无关，而跟他有关，是他给轮胎打气的热情过于高涨造成的。

提米一天里都想躲着爷爷，可现在金鼹鼠的问题让人挠头，他想知道爷爷是否还记得寻找过鼹鼠。另外，难道真的是爷爷，霍勒斯，很久以前就把书签插进了这本他正夹着的书里？信封正面的名字就是爷爷，但提米不知道字是不是爷爷写的。

他打开后门，走进正房和“老人套间”之间的小走廊，他妈妈管这里叫“缓冲区”。提米稍作迟疑，但还是转动铜把手，打开爷爷的房门走了进去。

迎接他的是那熟悉的咧嘴一笑。

乍一见爷爷，提米觉得老人因为耳朵受伤而露出一些痛苦表情，心头一沉。看爷爷正拿着一条裹着冰豌豆的湿毛巾在镇痛，提米知道那是豌豆，因为有十几粒已经掉在地毯上。很快，爷爷那熟悉的、带有一丝沙哑颤音的笑声传了过来，他的忧虑立刻就平息了。

“进来吧，小伙子。”

很显然，爷爷刚刚从一个小瞌睡中醒来。老人微笑时，眼睛和蔼地眯成了一条缝。一只眼皮上对着眉毛的地方，有一块伤口愈合后的疤痕，肿大的耳朵仿佛向后挪了挪位。爷爷嘴里还仅存一颗牙齿或者就是个牙尖儿，老人幽默地说它刺穿了一块樱桃红口香糖，像一支灯塔伫立在一座蜿蜒的粉色悬崖上。他仍然有一头比提米爸爸还要浓密的头发，黑头发的发梢变得花白，头发向后梳理成平头风格，还抹了一点发蜡，使头发贴敷着偏向了一侧，仿佛在模仿赛马会礼帽上华丽的鸟类彩色羽毛。

霍勒斯的两条腿都在膝盖以下截了肢。第一条腿是因为追赶一辆9路双层巴士，戳断了大脚趾而造成坏疽。至于第二条腿怎么没的，他自己的说法是“弥补对方损失去了”，爷爷每次重复这个玩笑，还总会咯咯地乐。

提米很喜欢听爷爷讲述截肢的往事。爷爷说，当医生锯掉他剩下的一条腿时，他醒了，听着它掉了下来，他说顿时就感觉轻便了。老人乐观开朗，从不说自己没了双腿，而是“省了袜子”，提米也调皮地在每年圣诞节给爷爷送一双袜子，说是尊重习俗。

提米轻轻地关上这扇与“缓冲区”相连的房门，爷爷则啪的一声撞上门锁，金属撞击声悠长回荡，为爷孙俩的相聚增添了一丝神秘的气氛。

老人这间屋子里的物品堆放得满满当当，堪称家里的豪华屋。老人恨不得把一辈子的家当都塞进这个单间，但这个目的并未达到。每当老人在白天重新规划、收拾、整理好他的各种物品，夜晚就会有东西从书架或墙壁上掉下来，发出各种碰撞带来的噼噼啪啪、叮叮当当的声音。房间里弥漫着一股常年不散的烟草味道，老人每天要抽二三十根香烟，吞吐出的蓝色薄雾挥之不去。

爷爷就是这么一个人，一个提米可以向他诉说一切的忘年交。今天，提米有一些神奇的见闻要和爷爷分享，此外，爷爷有没有一些秘密也要告诉他呢？

“怎么样啊？”提米问爷爷，这个问候显然是想问问爷爷的伤势。

爷爷的回应是常见的长辈应对小辈的方式，晃晃头，耸耸肩，嘴里发出几个不愿深入这个话题的“啧啧”声。那就言归正传吧，于是提米走到爷爷的轮椅旁，把他一直拿着的那本书放在爷爷的大腿上，打开了书签那一页。

然后，提米后退一步，他想打量一下爷爷的表情。

那双历经岁月的眼睛盯着照片和写有潦草字迹的信封，一句话没说，提米静候在一旁。爷爷思索片刻，抬头往上望了望，又低了下去。他的手指放在嘴唇上方一动不动，手的其余部位紧紧倚靠着肌肉松弛的脸颊，仿佛若有所思。

爷爷终于抬起了头，开始说话，眼中透出提米不熟悉的神情。

“孩子，你从哪里找到的这本书？”爷爷拿起书，强调着他的问题。

提米刚要答话，传来了敲门声。爷爷合上书，把书藏在盖腿的花格毛毯下面，双手推着手轮圈来到了门前。

老人松开门闩，打开门，只有一个身影探进来。

“霍勒斯，提米的晚饭准备好了。”是提米妈妈生硬的声音。

老人从不请儿媳进入房间。她的眼睛四处搜寻着，看看什么东西变换了位置，更糟的是，公公这个“脏垃圾桶”里又增添了什么玩意儿。

每当家人谈论到提米爷爷时，她就经常性地嘟囔几句，“灰尘就能把他呛死，”又补一句，“或者被掉下来的书压死，我先把话撂在这儿”。提米一直觉得“我先把话撂在这儿”这句话透出怪异，有不祥之兆。

自从提米开始记事，霍勒斯就一直和这家人一起生活，老人的妻子“早早走了”。二战期间，霍勒斯的父母承担了抚养带大提米爸爸的任务。爷爷是提米见过的外表最平和、内心最年轻的老人，他认为爷爷是个很棒的人物，他愿意和爷爷生活在一起。

爷爷透过半开的门缝，向儿媳点头致意，并保证马上就会让提米过去吃晚饭。翁媳之间关系微妙，一直用表面的相互尊重维持着并不和谐的局面。

老人有些言行举止很老派，引儿媳不快。圣诞大餐后，是怡然自得一支烟，饭前则是老式客气话："不算多，谢谢你，埃德娜。"不管儿媳给他盘子里盛了多少食物，他总是这么说，爷爷这一代人从来不剩饭。提米观察和思忖着他们之间的长期博弈，妈妈能往盘子里塞进多少食物，爷爷所能承受的上限又在哪里，对双方都是挑战。每年圣诞晚餐，妈妈都会变换晚餐餐具，盘子也会相应变大，好像迫使爷爷改掉那老掉牙的口头祝福成了一项任务。"不算多，谢谢你，埃德娜"照旧，然后取胜似的把盘子里的饭菜吃干净。接下来不用说，每年的盘子已经越变越大，盘中餐堆得像一座小山。

房门重新关上，平静的钟表声把提米的注意力拉回到爷爷身边。爷爷从毯子底下把书拿出来，打开书签那一页。他看着信封，一滴老泪从眼中滚落，吧嗒一声重重地掉在书页上。

他望向了提米，露出笑容，眼眶则有些湿润。

爷爷说："我以为我在很久以前就把这本书弄丢了。"

他的手在微微颤抖。

"这是一个特别的时间点，小伙子，我确信你被选中了，要去完成一个我很久以前就已经开始的任务。现在，你先走吧。"爷爷指着门说，"别耽误你吃饭。"

提米关上房门之前，回头又望了望爷爷，发现老人在默默地自言自语，还不时地一笑，带动着有些颤抖的头向后微倾。房门关上了，爷爷独自沉浸在自己的世界里。提米困惑地咬了咬嘴唇，他从未见过爷爷悲喜交集的场景。这一天注定是一个不寻常的日子。

提米在饭厅坐好，妈妈回到厨房，不一会儿，端着一个有点奢华的绿盘子走进来，盘子上带着热蒸气，给人一种阿拉丁式的梦幻感。可提米仍然沉浸在晚间对话中。

外面的说话声打断了他的思绪。维勒先生，提米家隔壁的邻居，正就一只从他家烟囱掉落的鸽子和提米父亲交涉。提米父亲养的是一种比普通鸽子昂贵的花鸽子，刚开始时有24只，现在就剩6只了，提米父亲也一直纳闷那些鸽子去哪了。

再说维勒先生的故事。好像他当时正在清理家里的壁炉，这时一只死鸽子掉到壁炉里，他惊愕地抬头查看烟囱，没想到另外几只死鸽子裹挟着烟灰也一起掉了下来。

怒气冲冲的维勒先生，黑着脸找到提米父亲，拎着一只死鸽子在他面前晃来晃去，强调着内心忍无可忍的愤怒，还把鸽子戳到提米父亲面前，让他确认这就是他养的鸽子。

看到眼前的死鸽子，提米的父亲也很光火，他愤怒地指出，是维勒先生故意用毒气杀死了他心爱的鸽子。原来，这些花鸽子喜欢在维勒先生家的烟囱上过夜，可它们承受不了煤火的烟熏，一只一只的鸽子，都头朝下跌落到维勒先生家的烟道里。提米的父亲接着指责维勒先生，周边的邻居都知道，维勒先生不喜欢鸽子到处遗撒粪便的习性，因为他经常抱怨，每天早上他的车上都有鸟屎“装饰物”。鸽子们好像也专门和维勒先生作对，拿他的黑色面包车当射击靶子，尤其是挡风玻璃处。

提米喝着茶专心听着外面的唇枪舌剑，你来我往，当最后剧情反转、谜底揭开时，他正含着一大口茶，直接就笑喷了，一口喷向了他那位容易发火的姐姐。丹吃惊地瞪大眼睛，浑身滴答着水珠儿站了起来。妈妈绷着脸看着提米，丹边哭边叫嚷着："我一身都是唾沫，一身都是唾沫。"转身悻悻而去。

提米和回家的爸爸交换了一下眼神，爸爸脸上闪过一丝微笑，一句话也没说。

第四章

塔尔帕将会选择

第二天，提米起得很早，他打开卧室的窗户，向远处的小山眺望，有一种如同圣诞节清晨一样的兴奋。夜晚给大地铺上了一层霜，初秋的第一天，空气中就充满了深深的寒意。

他穿好衣服，悄悄地下楼，直冲着“老人套间”而去，他打开门低声叫着：“爷爷，你在吗？”

没人应答。提米关上门，赶紧四处打量，他发现爷爷的围巾和赛马帽不见了。这种情况极为罕见，因为爷爷在上午12点以前很少离开房间，12点以后最多会到花园尽头喂喂鸟。提米从爷爷房间的正门走出去，爷爷管这个门叫“前沿哨所”。凌晨时分，大地幽静无声，远处的田野如同披上了一件冰雕玉琢般的白色羽绒被。

他沿着小路方向遥望，发现两条平行线蜿蜒地伸向小山，然后左转拐上混凝土路，再往前看，经过了养猪场。一片铺满晨霜的土地上，留下了轮椅前行的轨迹。

太阳开始显露一丝暖意，晶莹剔透的霜花还在闪闪发光，在消失之前充当着提米奔跑的路标。当他跑到那片玉米地附近时，提米断定，爷爷一定是去了那棵大橡树，他最后一次见到那只金鼹鼠的地方。他歇息片刻，用手遮住已经开始刺眼的阳光远望，他的判断正确，就在那棵大树旁，他辨认出爷爷和轮椅那熟悉的轮廓。

他从小跑改成冲刺，跑的肺都要炸了，爷爷在这么清冷的凌晨就出了门，提米有点担心老人的身体。越来越近，他发现爷爷在找什么东西，弯着腰，几乎探出了轮椅。

“爷爷，是我！”提米一边喊一边靠近。

爷爷转过身来。

提米跑得太快，直冲过去，爷爷赶紧伸手阻挡，但太迟了，提米一头撞到爷爷怀里。他大口喘着粗气，只能看着爷爷，一句话也说不出来。

爷爷读懂了他的表情，似乎知道他要问什么，然后平静地说："鼹鼠是非常害羞的动物。"

他继续说："这只鼹鼠尤其害羞。"

"我最后一次看到这只鼹鼠是在……"

爷爷的话还没说完，提米就抢先回答："1959。"

老人脸上露出一丝苦笑。

他问提米："这是你看到鼹鼠丘的地方吗？"

"什么是鼹鼠丘？"

爷爷咯咯一笑，说："就是鼹鼠从地下钻出来的地方。你不是昨天撞见一个吗？你相当幸运。"

"噢，明白了。"提米指着田野后面，接着说，"就在那儿，像个锥形，上面有个洞，很像一座微型火山。"

爷爷哈哈大笑，说："好，比喻得好，一座小火山，一座小火山，很贴切。"

过了会儿，爷爷止住了笑容，转过身来看着提米。

"鼹鼠是在这里消失的吗？"爷爷指着橡树上那个边缘参差不齐的锯齿洞。

"是啊，就是这儿。"提米走上去又看了看，确定地回答。

“来吧。”爷爷说，“咱们回我的寓所，我给你看点东西。”

爷爷经常把他居住的单人房称为寓所，提米觉得这个说法很好玩。他据此联想，寓所里有一个秘密的出入口，可以引导他走入房子下面一条漫长的走廊。他曾经听说过，维多利亚和阿尔伯特博物馆下面房间稠密，里面存放的物品比上面展示的多得多。下面还有一个独一无二的世界，白天由不同年龄的虚构人物照看着，他们默默而尽职地假扮成蜡像。沿着这条走廊，可以通往杜莎夫人蜡像馆。

提米推着爷爷往家走，一路上没再打扰老人，他们各自想着心事。地上的晨霜已经融化，太阳抹掉了轮椅的车痕。阳光晒得提米的后背暖洋洋的，一路下坡也很省力，更增添了回程的愉快。他还时不时地登上轮椅背后的小踏板，爷孙俩一起以“罗马战车方式”向下自由滑行。

提米很纳闷，爷爷怎么能摇着轮椅，先跨过了森林边缘的大燧石，又穿过了新开垦的田地深沟，最后到达那棵大橡树，这一路上得花费了多长时间才能把车摇到目的地，他又是怎么知道要往那里去。快到家了，他希望父母别发现他们一大早就出了一趟远门，见家里窗帘还拉着，应该没问题。

他们到了自家大门，打开大门的门闩，几声清脆的声音顿时唤醒了花园的宁静，忙着觅食的早起鸟受到了惊吓，不情愿地叫嚷几声，扑棱棱飞走了。他们一进入爷爷的屋子，爷爷便急切地摘掉了围巾和帽子。他摇着轮椅来到一个柜子前，搬出一个大板条箱，箱子太大，差点把老人从轮椅上甩出去，提米赶紧帮着把木箱从地毯上拖到房子中间。

这个板条箱由粗木制作，有人拿这种箱子存放水果，里面有亮晶晶的铜钉扭出来。侧面印着“意大利农产品”，标签部分已被撕掉，给人的感觉像是一幅没做完的拼贴画，或者是一个经历过多次行程的包裹箱。

老人有点呼哧带喘。一会儿，他使劲打开了盖子，在满满一箱的一卷卷报纸中摸索。箱子里散发出一种新鲜橙子和无花果混合在一起的特殊香味。他的手很快就摸到了他想找的东西并拉起来，当用作包装的报纸卷如瀑布一般从边上滑落，露出一个黑色金属盒子。盒子周围有个橡皮筋，下面塞着一张叠得整整齐齐的纸。

爷爷一只手摇动轮椅来到窗前，另一只手紧紧按着放在残腿上的黑盒子，然后双手拿起盒子转动端详，提米注意看着爷爷的手。沾满尼古丁的黄色手指和棕色指甲，手背上的青筋就像地图上的水路蔓延开来，这是一双早已退休、做过类似机械加工的大手，这双手依然有力、灵便、操控自如，多年熟练操作练就的灵巧，舞动在神秘的盒子表面，如同手指跳舞一般。

橡皮筋已经老化，取下绑在上面的纸，皮筋也断了。爷爷把盒子放在窗台底下，打开掉在腿上的那张纸。

“这张纸，”他拿着那张信纸说，“就是你在书里发现的、信封做了书签的那封信。”

爷爷把信递给提米，提米注意到发黄的信纸上的字和信封上的一样漂亮。信纸上方一侧，写着名字和地址，看起来有些奇怪和机械，显然是用打字机打上的，有些打字键似乎还没按对。

他看着字迹和内容，试着把单词组句，但语句似乎是用一种令人困惑的方式组合在一起。

“孩子，你想让我给你念念吗？”爷爷宽慰的话语，如同睡前要讲一个老故事一样。提米把信还给爷爷，爷爷聚精会神，与其说是靠这双老花眼读出来，不如说是从回忆中再现信中的内容。

他读道：“致我的好伙伴。在盒子里寻找。知悉探究的价值。我从那棵高高的橡树上取下，如今那个地方长满了玉米。盒子很不寻常。有只金色的小动物跟着它。塔尔帕（Talpa），塔尔帕（Talpa）。不能解释为什么，但盒子异常重要。寻找路径符号。小心。别给任何人看到。塔尔帕（Talpa）将会寻找——不久拜访——沃西。”

这封信写得很特别，像是一个注释，这些语句几乎毫无意义，与其说是描述不如说更多的是暗示。爷爷又默默地把信念了一遍，直到提米提出疑问，才把老人从沉思中带回来。

“爷爷，这是什么意思？这封信从哪儿来？黑盒子是什么？”提米指着窗下的物件说出一连串疑惑。

“你不是看到了一只金鼹鼠吗？孩子。”爷爷郑重地发问，似乎就要吐露一个尘封多年的秘密。

提米默默地点了点头。

爷爷稍作停顿，然后开始叙述他的故事。

“从哪儿开始呢？”爷爷自问自答。

“我在差不多你这个年龄的时候，有个叫伊桑的朋友，原来叫伊桑，现在是受人尊敬的沃西教授，就是他寄来的这封信。我们小时候经常一起玩儿，在这片森林里探险。有时侯呢，找一个地面有深坑的地方，把绳子绑在树上荡秋千。我们能从早晨一直玩到太阳落山。那是一段没有时间概念、无事可做、只有快乐的美好时光。除了玩耍还是玩耍。森林深处的橡树都非常高大，一束阳光穿透下来，好像一支怪诞的聚光灯照射在一块神秘的地方，那里成为我们的藏身之所。在那里，我们煮过肉汤喝，还用杂草假装卷烟，当然没有真吸。”

“我们发誓绝不向任何人透露那个神秘之所。”他又补充说，“那时的森林面积大得多，那个特别的地方连我们自己都很难找到。”

老人停顿一会儿，继续追忆少年往事。

“那时没有玉米地，只有你今天能看到的森林。那是普通的一天，我们又到了森林中心，就在最大的那棵大橡树下，打起了一场树叶大战。伊桑首先抓起一大把树叶扔到我脑袋上，战斗就开始了。”

他微笑着往下说：“我们互相追逐打闹，每个人都往对方头上扔大把的树叶，直到伊桑眼睛里进了什么东西，于是我，化身一位勇敢的外科医生，霍勒斯·坎伯特医生，医学博士和纳税人。”爷爷咧嘴一笑，接着说：“用我的衬衫袖口把他眼睛里的小颗粒擦掉了。”

为了强调这件事的有趣，他还挥手表演了一遍这个动作。

“当我做外科‘手术’的时候，伊桑另一只眼睛注意到我身后有情况，有个物体从树叶中探出来。‘手术’刚一成功，伊桑就起身奔到大橡树下，他用脚踢开树叶，露出一个奇特的黑色方形物体，嵌在大橡树的底部。可以看出，这棵橡树很长一段时间始终在围绕着这个物件生长，使得它看起来就像焊接在树干上一样。在剩下的暑假时间里，我们一直都在挖这个东西，想把它从树上撬下来。大树好像不愿意轻易放开它，我们越挖越感觉嵌进去太深。”

提米指着窗台下的盒子打断了爷爷，问：“就是这个吗？”

“就是它。”爷爷边回答边露出一个暗示，故事还没讲完别打断他的话。

爷爷继续讲述。“夏天的假期就要结束了，我们约定，不能把这个地方告诉任何人，还计划着下一个假期再来，再想办法把它从树上取下来。然而，那时候世界上能有什么大事突然会降临到我们俩头上呢。”

“发生什么事了？”趁着爷爷停顿片刻，提米赶紧发问。

爷爷拿起一包香烟，撕开新烟盒的玻璃纸，掀开盖，轻敲烟盒一侧，取出一支香烟叼到嘴上，一系列动作以后，鼻子里冒出烟来。“我接着说，孩子。”爷爷重新回到往事中。

“我和你说过数十年前那场战争吧？那时我和伊桑都太小，不能上战场，所以我们俩都被疏散到安全地带。我去了威尔士的一个家庭，听说伊桑全家移民到了埃及。战争结束以后，我回来了，伊桑没有消息。自从那天我们在森林里告别，双方都没了音信。直到有一天我在当地报纸上读到一条信息，说他从牛津大学毕业后，获得考古学和古典研究博士学位。忙忙碌碌几十年过去了，逐渐地，我又想起大树下边那个奇怪的物件，就去找寻。那里发生了不小的变化，很多树木都被砍伐了，土地种上了玉米，玉米是战争中养活我们大家的粮食资源，所以我花了很长时间才找到那片森林，最终我认出了田野边一块特别的地方，那棵大橡树还在，根部有一个方形的洞，那个东西已经不见，被人从那棵树上弄走了。”

“我记得树上留下很多砍过不久的斧头印，砍得很深，显而易见，挖出这个东西得花很长时间，大树也受了伤。我没忘，当时那棵橡树的形状好像有点儿弯曲，有哀伤的表情，还有些疲惫不堪、垂头丧气。的确，那么壮美的大树上留下一个大洞怎么能让人不伤心。紧接着，奇怪的事情发生了。现在我们进入有趣的话题。我正看着那个大洞思索，一只小鼹鼠跑了出来，它不是普通的鼹鼠，而是一只金鼹鼠。它是很友善的小家伙，它好像在特意等我。它注视着我，一会儿，转身进洞，消失其中，从此我再也没见过它。”

老人又停了下来。

“你昨天看到的是金鼹鼠吗？”

“是啊。”提米回答说。

爷爷默想着，好像在回忆小时候的情景和感受。

“您认为是伊桑拿走了盒子吗？”

“虽然我当时不能确定，但我想不出还有谁会知道这个盒子。后来，我收到了这个奇怪的盒子和这封信，证明确实是伊桑把它从树上拿了出来。”

“信上写了不久之后要来拜访，您联系过他吗？”

“这个……”爷爷凝视着窗外，然后说，“这封信引发了我长时间的兴趣，后来好奇心驱使我写了封回信，地址是牛津郡的一个乡村城堡。可是，我没有收到回复，所以我认为没有必要深究下去了。另外，那个年代四处走亲访友也不是件容易事。你觉得我当时应该去找找伊桑吗？”他转过脸看着孙子。

“要是我就去，”提米边点头边说，“尤其是伊桑是您的朋友。”

爷爷突然一阵剧烈的咳嗽，震的烟灰都从烟头一端落下来，脸也憋得通红，时钟也赶紧放缓节奏，等咳嗽的咆哮声逐渐平息后再恢复正常节拍。

提米走到窗前，去拿黑盒子，这才发现那个盒子还挺重，他把盒子抱回到爷爷腿上。

“您说说这个盒子吧。”

“好，说说盒子。”爷爷几乎用了敬重的语气。

“这个盒子真是个谜，我花了不少时间想搞懂它。如果你仔细观察，会发现它上面到处都是图案，像被什么东西凿刻上去，图案里面那些彩色的金属状材料一定有什么含义。我想不通伊桑为什么把盒子寄给我，但我确定一点，盒子底部少了一部分。你能看出图案结束得很突然吗？”他边说话边把盒子转向提米。

“你拿着，”爷爷把盒子和信纸递给提米，然后说，“你年轻，眼力比我好，这两样东西你都好好琢磨琢磨。”

“可我不知道从哪儿开始，”提米恳求地说。

“不用想着从哪儿入手。”

爷爷伸出烟熏火燎的手指戳点着盒子，说：“塔尔帕（Talpa）已经选定你了。”

“塔尔帕（Talpa）什么意思？”提米若有所思，好像隐隐约约地看见了这个字。

“信里提到了塔尔帕（Talpa）。”

提米皱起眉头，显出内心不快。就像做作业一样，现在还不会呢，可明天就必须交作业。面对众多谜团，他思维停滞，不知所措。爷爷则很坚持，并让他从“塔尔帕（Talpa）”这个词开始着手。

“看看那本书，查查字典。”爷爷笑着提示他，老人体贴孙子，声音很温和。

“那本书全是鼹鼠。塔尔帕（Talpa）就是拉丁语中的鼹鼠。”

提米想起来了。“我马上就回来！”他以闪电般的速度去了一趟书房，拿着字典回到爷爷身边。

“一种小动物，属塔尔帕科……鼹鼠。”现在明白意思了，他很高兴，但是他问爷爷：“信中写的金色小动物，为什么不直接叫它鼹鼠，而用塔尔帕（Talpa）？”

“啊哈，问得好。”爷爷停顿了一下，接着说，“别忘了每个人的学识都不一样，大家都真诚地称呼伊桑为学者，而拉丁语经常是学者之间相互交流的语言。”

“但我不懂拉丁语啊。”提米说。

爷爷开心一笑，他机智的见解大出提米意料之外。

“你可以自己去问问伊桑。”他用征询的口气提议，同时眉毛扬了起来。

“我听您说他住在牛津。”

“对，我是这么说的。但是信封上打印的那个地址，离你的比丽丝姨妈家很近，她也住在牛津郡的恩布尔顿，就是那封信寄出的同一地方，我猜测伊桑大学毕业后就一直住在那儿。我曾经托你姨妈去找过，你也知道她的小道消息很多，她果然发现了有一位E.沃西教授，就住在一座乡村城堡里，但老人像一位独居的隐士。”

“也许可以安排一次旅行，你先去你的比丽丝姨妈家，然后你就可以去乡村城堡问问伊桑这个盒子的事。”

“我确实想知道他为什么不把完整的盒子寄来。”提米想了想，问爷爷，“您为什么不和我一起去呢？”

“塔尔帕将会选择。”爷爷故作神秘地应答着，然后哈哈一笑。

第五章

比丽丝姨妈家

爷爷给出建议以后，提米花了几天时间，跟妈妈商量并试着说服她，想去比丽丝姨妈家玩几天。毕竟假期已经所剩无几，妈妈同意了。提米并不常去看望他的这位姨妈，这并不是说他不喜欢她，而是姨妈的言行举止有些古怪。另外，姨妈家那间屋子里的味道，闻起来没有什么好词能形容，“恶臭味”或者“哈喇味”都挺贴切，提米最喜欢说“难闻”二字。

之所以难闻，部分原因是姨妈养了很多猫狗，但她喂食的方式随心所欲，食物放得如天女散花一般，初来乍到，你琢磨不透她家里的门道。有一次，提米去看姨妈，刺鼻难闻的味儿熏得他不得不用套头衫的袖子遮挡着呼吸。拜访结束时，他想躲开姨妈的吻别，一下子撞到沙发上，一只腐烂的烟熏鱼滚落于地，很显然，那是一只猫藏起来打算在雨天享用的。提米一脚踩在烂鱼上，鞋底粘着黏液，一屁股就坐在脏兮兮的地上，同时一只鞋向着姨妈就甩了出去，姨妈却笑得很开心的。

“哦，好孩子，真是好孩子，我一直在到处找这条鱼呢。”

姨妈把烂鱼从提米的鞋底刮下来，嘴里还唠叨着：“你们这些淘气的猫，真淘气。”然后，转身就去了客厅。这段经历让提米几个星期都不再吃鱼，甚至他妈妈做的鱼蛋烩饭都会勾起这件事。

一家人开车去姨妈家，路上都挺愉快，提米和姐姐丹一起坐在后排也相安无事。提米心里一直思考着神秘盒子的故事，想不明白为什么伊桑没把完整的盒子都寄给爷爷，反而留下了盒子的一个部件。是不是盒子底下的那块更重要呢？也许这件事是一个诱饵，是一个精心策划的花招，是一个陷阱，或者就是想让爷爷过来探望他，到底为什么呢？想着想着，他对突然冒出的“诱饵”“花招”这些词觉得好笑，还不禁笑出了声。

“你笑什么，笑提米一口热水喷出了嘴？”丹无意间说出的话还押了韵，提米向姐姐耸着鼻子“嘘”了一声。

“是啊，你笑什么呢？”妈妈也问。

“没什么，我就是想起一件有趣的事。”他搪塞着她们，从后视镜里看到了父亲会心的眼神。

好在这时到了目的地，汽车停在比丽丝姨妈的乡间村舍外面，大家的注意力都转移了。提米想象着整座房子里都弥漫着一股气味，正等着他的到来。不过，拜访比丽丝姨妈也有一些乐趣，她是一个神通广大的收藏家，她的癖好就是到旧货店去淘买任何低于30便士的物件。几间卧室里堆满了她买的各种包和各种鞋。其他房间，花里胡哨的桌布上散落放置着珠宝首饰；在地上，破损的瓷器人像排列成行，似乎进行过很业余的修复。姨妈的眼神可能大不如前了，在一些修复的瓷器上，该放胳臂的地方放上了腿，带胡子的男性头部粘到了女性身上。姨妈特别喜欢皮草、大衣、围巾以及帽子，所有这些东西都挂在金属衣架上，好像在等候一个制作标本的人，把它们重新组合后就能起死回生。

提米打开车门，准备离开后座，丹向他吐了一下舌头，表示出她的藐视或挑衅。妈妈则还是有点不放心地问："你确信自己能适应这里吗？"

"我没问题，你们走吧。"他一边皱着眉头看了一眼姐姐，一边有点紧张地把车门关上。

和妈妈吻别以后，提米走向姨妈家。门是开着的，在他面前出现一个熟悉的身影，那是典型的比丽丝姨妈风格。他赶紧扭头望向家里的汽车，尽可能地控制住自己别笑出来。

一眼就可以看出，姨妈用一身装束展示她最近一次丰富多彩、乱七八糟的收购成果。她头上戴着一顶粉红色的帽子，帽子看起来像包头巾一样膨胀，帽口太小，把她的额头往上拉，使得她那用睫毛膏勾勒出的大眼睛好像随时都可能涨出来。帽子上系着一块破面纱，遮住了她的脸，还以为是某个历史时期的一个女匪徒呢。她的帽子上曾经满满当当地缀满了塑料葡萄珠，现在所剩无几，残留的几颗也只靠一根线在眼前晃动着，活像新钓上来的安康鱼，头顶上那根鱼须上还吊着“小鱼灯”。

车里人向他们挥手告别，提米从父母和姐姐张着嘴的表情中可以看出，他们也是吃惊不小。汽车越过路沿就赶紧加速开走了。

“他们不进来呀？”姨妈看着那辆急速开走的汽车，略带失望。

“不了，他们着急让丹去上小马训练课，必须赶回去。他们让我向您问好。”

她走上前去迎接提米，那只短毛坏脾气的小型猎犬一步不离地紧跟着。这时候，她帽子上的针线有些松动，几颗葡萄珠掉落在地，立刻被狗发现了。

“哦，我亲爱的提米。”她说着张开了双臂。

“过来，一定要好好吻一下。”她向前伸出双臂，粉红色的帽子也慢慢地耷拉到她的额头上，拉长了她的眼睛，表现出一副惊讶的神态，咧着嘴的笑脸也随着帽子一起颤动起来。

提米走上前，迎接那必不可少的亲吻。他尽可能地避开姨妈下巴上那根尖尖的毛发，上次来访时被它扎了一下，这次他需要像对待一根鱼刺一样谨小慎微。他接受着带着唇膏的亲吻，那种勇气如同走进学校室外冰冷的游泳池，咬紧牙关，闭上双眼。姨妈放开他以后，提米开始做好进门前的呼吸准备，抬起胳膊，预备好套头衫的袖子。

通常总带臭味的屋里，卫生球比腐烂的东西还多，幸运的是，今天是一个例外，还可以接受。提米坐好，开始享用姨妈给他准备的威尼斯切片蛋糕和茶。就连那只狗也显得很友好，紧挨着坐在他旁边的沙发上。

韦利是一只上了年纪的白色小型猎犬，它早已把沙发归为己有。臭气熏人的屁股正冲着提米，通常他不会碰这只脾气暴躁的狗，但狗屁股味、茶和蛋糕味，实在没法混在一起。他对此很敏感，趁着姨妈没在跟前的时机，提米快速捅了一下韦利让它转个身。一瞬间，这只看似和善的动物立刻变成了一只野兽，愤怒地咆哮，追着假装咬那只侵犯它的手指头，趁机把蛋糕从盘子里碰掉在地毯上，然后迅速地回到主人身边。韦利分分钟就获取了这份美食，很显然，这是一个老掉牙的惯用伎俩。

“提米，别再喂韦利了。”姨妈回到客厅见到地上的蛋糕，厉声说道，“没见它越来越胖，这些天它几乎跳不上沙发，我还得给它用一个坡道。”实际上，坡道就是一块6英寸宽的木板，用来帮助韦利上沙发和上汽车。但姨妈说出“坡道”（Ramp）来，更像是说“臀部”（Rump）。一想起刚才那个臭气熏天的“坡道”，提米只能强忍着不笑出来。提米和狗相互怒目而视，这一回合韦利先赢了，可以肯定，接下来的几天还会有交战。

“见到你太高兴了，提米。”姨妈兴致勃勃地“噗噗”吹着热茶，茶水溅进茶盘。

“你今天有什么计划吗？”话音未落，又对着韦利说上了，“家里有个年轻人真不错，是吧，韦利？我们可以带他去公园见见你的狗朋友，嗯？”这个“嗯”的发音太高，提米耳朵里都跟着震颤了一下。

提米闪烁其词地敷衍道：“我今天就想自己出去走走，重新熟悉一下周边环境。”距离上次拜访姨妈已经快一年了，他现在最急切地想看看神秘的伊桑到底住在哪里。

“那就随便你了。”姨妈以一种莎士比亚情景剧的口吻说着话，“不过，现在先吃午饭，我可知道你们这些正长身体的男孩的饭量。”姨妈的观察可不是什么乐事。果然，当提米没完没了地喝甜茶、坐下来准备喝第四杯时，厨房里还不停地传来乒乒乓乓的餐具撞击声，姨妈还在为“长身体的男孩”准备午餐。

按照姨妈的吩咐，提米开始给餐桌铺上桌布，这块桌布是姨妈挑选的，介于地毯和防火毯之间略显厚重的深色材料，还带着裙摆。他找不到与之相配的餐具，就去翻找，意外发现一个很美观的、绘有柳树图案的中国盘子，他想象着有一位公主，坐在男朋友的摩托车后座上一起逃跑，正从瓷片装饰的拱桥中央穿越而过。

梆的一声响起，姨妈宣布开饭。刹那间韦利直扑厨房，先是空中滑翔，接着重重摔倒在地，韦利就着前冲力，砰地一声滚进了厨房。“饭来了！”姨妈随声而至，端着一个装满三明治和蛋糕的托盘进来，韦利则在托盘下面上下跳跃，仿佛狂欢节一般。

提米已经喝进去四杯甜茶，正在肚子里翻腾，眼下不管他多么喜欢马麦酱和水芹三明治，都不可能把面前堆得高高的面包吃掉了。当然，这问题不难解决。当姨妈和提米坐下来吃午饭，一群各式各样的老猫，再加上韦利，也围拢过来，在他们身边分享着一两块儿三明治。这顿饭，提米只吃了一个三明治和自家制作的蛋挞，其他大部分都只咬了一口，就留在了盘子里。

当天下午，提米就动身去寻找沃西教授的住所。

恩布尔顿就是个小村庄，一条大街上只有一家商店，里面有个邮局。紧邻商店开有一家赛马博彩店。大街两边各有一间酒吧，分别叫天鹅和黑鹂，彼此对脸相望，倒也相映成趣。大街一端是一个小火车站，虽然没有定时的火车时刻表，但是它把这座沉睡的村庄和牛津中心区连接了起来。村庄的生意围绕着赛马训练，一天的主要工作都在清晨进行，届时马匹会经过村庄，去往周围的丘陵地带驰骋。

提米三步并作两步，很快就走到了村子中心地带。这时候的街上一个人都没有，安静中透出一丝不安，仿佛一个枪手随时可能从悄无声息的建筑中钻出来。爷爷建议他最好不跟姨妈说来找沃西教授的事。“小伙子，我要是你，就不会告诉姨妈你来的目的。”他接着说，“否则，她一定要和你一起去。”提米从口袋里取出写有地址的信封，心想，寻找的最好办法是到邮局打听一下。

提米推门进入商店，门铃随即响起了很老派的钟声，他关上了门，门上的开关标志在身后晃动着。里面突然出现一位妇人，灰色的头发扎在后面，绑成一个发髻，她圆圆的脸上堆满了微笑，向他喊道：“需要帮忙吗？”她无缘无故地点着头，发髻在她脑后生动有力地随之舞动。

“请问，”提米应答着，把信封递给她，“请问，您知道我怎么找到沃西教授的住处吗？”她低头仔细看着上面的地址，同时摸摸脑后的发髻，提米纳闷为什么发髻和其他头发的颜色不一样呢。

“你们是朋友？”她好奇地问道，“只是这位教授不怎么接待客人，真是太遗憾了。像他这样独自生活的老人，据说他还非常博学，他需要一些伴儿，需要有人照顾他，需要……”

“那这个地址……”提米想打断她，但很徒劳。

妇人继续唠叨：“……他独自一人。他到这里已经有些年头了，他买下了乡村城堡，那个奇怪的地方，后来他就一直没打理过他的花园，真可惜啊，曾经那么漂亮的花园。”提米听着听着，开始意识到这个地方很少有人来，那些冒险走进去的人，都要经受如此这般的唠叨和盘问，所以没事的话，就更没人进来了。

提米决定坚持下去。逮着一个空隙，他赶紧说：“实际上他是我爷爷的一个朋友，我爷爷让我来拜访他，我想您应能告诉我准确的方向。”她觉出他正在打断她的话，于是她不再往下说，点头也停止了，脸上还瞬间掠过一种古怪阴险的神情，可很快，她又回到了伴着点头的假笑状态。

“当然，你来对地方了，如果我不知道村子里每个人都住在哪儿，那还能有谁知道。”她嘴里哼哼道，提米觉得这话不假。

“好吧，亲爱的孩子，”她言不由衷地继续说，“如果你沿着门前这条路走到头左转，拐进教堂巷，抵达教堂大约是半英里路，然后会碰到一个向右的急转弯，再穿过一个铁门，继续沿着小路一直往前走，就到了你要找的乡村城堡。提醒你这段路走起来可不近，当然你这么年轻，你这个年纪，走路不是个问题……”她继续喋喋不休。

提米向她道谢，思路也重新回到了寻找乡村城堡这个正题。他离开商店时门铃响了一声。

他沿着门前大路走了一段距离，耳边又传来一声很微弱的门铃响声，他回头看了一眼，发现那位发髻妇人正在商店外面看着他，举止上似乎有点不怀好意。发髻妇人看到提米注意到她了，一转身急匆匆地进了商店。

这是愉快的一天，提米觉得漫步在一个新地方让人兴致盎然，路上还有熟悉的景物，红色邮筒和标明了步速的小号混凝土管都那么亲切。有那么一会儿，他沿着人行道的裂缝玩跳房子，想象着如果他站在同一个裂缝上就可能引起爆炸，这是他上学路上经常玩的游戏。最后，他见到了教堂巷巷口的白色铁皮路标，接着他走过了古诺尔曼教堂。

第六章

初探乡村城堡

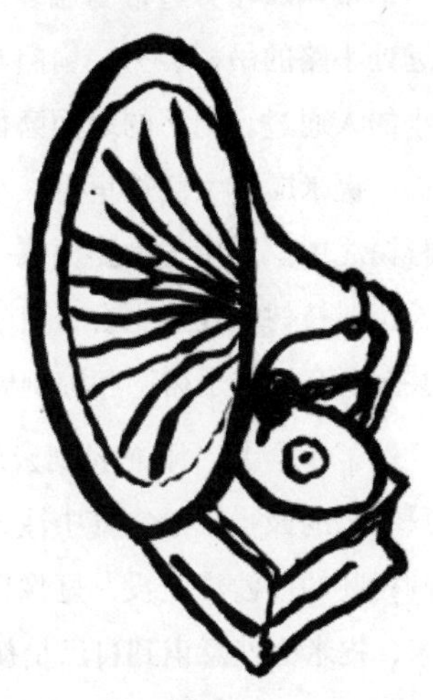

这条小巷不同寻常，因为沿途几乎没有住宅，只有几个带古朴小花园的老旧白色农舍。一处农舍里有一个观赏水池，池子边立着一尊正在钓鱼的小矮人像；另一处农舍门前则放置一个健壮的塑料伐木工人，在一片阵风吹起的黄叶中，保持着砍伐木头的姿势。走过这几处农舍，小巷就变了样。路两侧生长着高大的树木，一地金、红、棕相间的五彩斑斓的落叶，尽管大部分夏天的叶子已经掉光，大树仍然茂密，遮挡着阳光。白嘴乌鸦在空中建立了自己的巢穴，这些懒散的大黑鸟在那里闹哄哄地交谈着，提米一经过，受到打搅的这帮家伙立刻向他愤怒地大呼小叫。

“也许这是警告。”提米抬头望了一眼，心想。

没过多久，他就来到邮局发髻妇人描述的那个大型装饰铁门前。两扇大门早已失去了其原本的功能用途，其中一扇已经从顶部的合页上脱落，笨重地靠在旁边带鸟冠装饰的石头底座上，倾斜的姿态就像一座伸向远处小路的吊桥。另一扇门开着，空隙有点小，勉勉强强够一个身材矮小的人通过。门下的地面磨得光秃秃的，形成一条蜿蜒的小路，绵延开去。提米顺着大门往里看，小路曲折迂回着钻进了路两侧的大荨麻和冷杉树之中。正中的大路原来一定是一条宽阔的车道，但现在树木随意生长，树枝树叶任意组合，自然形成了一条长长的绿色拱门状通道。路边甚至还有“猴子树”和棕榈树排列，看起来颇有几分热带风光。

过了一会儿，阳光躲到云后，在提米周围投下了诡异的斑驳阴影，一只乌鸦的鼓噪，给空气中注入了不安的气氛，但很快，乌鸦叫声就被风刮树叶的沙沙声淹没，好像风在警告它闭嘴，别出声。到处都安静了下来，提米突然意识到自己是孤身一人，内心开始打鼓、犹豫起来。

阳光又露出来了，明亮使他平添几分勇气。他小心翼翼地穿过大门，以防被门表面粗糙的铁锈划伤。走了几步，他转过身往后面看了看，令人惊讶的是，就在那扇倾斜的门所投下的阴影里，出现了一座新的鼹鼠丘。提米很诧异，他刚才进来的时候好像没有。他匆匆走了回去，仔细地观看，刚刚搅动的土壤散发出新鲜泥土的味道，就和家附近那片玉米地的味道一样。

提米从小路回到大路上，很快就穿过了绿色拱门通道，眼前骤然开阔，可以看出，这里曾经是一个有巨大草坪的花园，现在则长满了高高的杂草。他可以看见远处的一幢房子，由于距离的缘故，并不清晰，那就是乡村城堡。这座陈旧的建筑看上去是建在一座小山上，小山形状完美，犹如一块婚礼蛋糕的底座。

他开始穿越宽阔的花园，沿着不规则的小路行走。前行中，这儿要躲开一个干涸的喷泉，那儿要避开一个观赏瓮，到处散落着一堆堆砖头，似乎在为一些未完成的工程做准备。蔓延的藤蔓就像渔夫的网，遮盖着砖头，似乎还嫌伪装得不够，砖头上又爬满了弗吉尼亚爬山虎的大红叶。

终于走到了乡村城堡前，他抬头望去，眼前是一座教堂般高大的建筑，墙体外表覆盖着茂密的常青藤，连窗户都给挡住了。乡村城堡是如此华美，提米一下子想起了童话故事《糖果屋历险记》，韩塞尔与葛雷特在森林中迷了路，后来他们发现了一个用面包做的房屋，窗户是糖果做的……奇怪，为什么现在会想到这个故事呢？他仔细打量着乡村城堡，心里的感觉告诉他，他在这里不受欢迎，并不是因为这里好像没人居住，也不是因为这里如此凌乱。

乡村城堡又高又尖的屋顶上覆盖着不规则的黑色石板。这是一栋哥特式建筑，两侧竖立着细长的塔楼，塔楼上各有一个转角构成建筑标志。中间则布满一系列又高又窄的细窗户，好像呲着牙正在冷嘲热讽着什么。提米走近一些，更多的细节浮现在眼前，建筑的下半部分正在被花园土层侵蚀，就如同建筑本身要向土里扎根一样。城堡一层也有一系列又高又窄的细窗户，但已经完全被爬藤所覆盖。

宽阔的五级石阶，通向一扇庞大的拱形木制前门，上面布满黑色大铁钉头作为装饰，大门老旧，且风化严重，深深地嵌在一个大门廊里。一个空奶瓶躺在锈迹斑斑的铁丝瓶架上，通常这里可以放四个奶瓶。大门廊的每个角落都堆积着树叶和灰尘，满是灰色的蜘蛛网。

这栋建筑以及它的周围很荒凉，好像被人遗弃了。不过，通往大门的通道上，有人清理了覆盖的尘土，表明确有人住在这里。提米走上石阶，走进大门廊的阴影里。他犹豫不决，兴奋和恐惧交织在一起，让他全身发僵。

既然来了，提米下决心敲门试一试。他毕竟从爷爷讲的故事中认识了这位教授，伊桑和爷爷是儿时玩伴、少年朋友，曾经亲如兄弟，有跨越生死的友谊，教授一定不会介意霍勒斯的孙子来拜访吧？如果教授孤独一人，甚至会欢迎他的到来。

提米在大门上寻找着门铃或门环，这两样都没找到，只找到一个生锈的投信口，它给大门添上一副痛苦的表情。过了好一会儿，他才在常青藤遮挡的深处，发现了一个铸铁把手，上面刻着一个“拉”字。通常情况下，他不会把手伸进被植物包围的洞里，因为蜘蛛、地蜈蚣之类的东西很容易爬出来，然而一天过得很快，现在的光线已经有些渐暗，如果他现在不做，他不知道下次自己是否还能再来。

提米把衬衫的袖口扣紧，这样就不会有虫子爬到他的胳膊上，然后他把手伸进未知的地方，手指一下子就摸到了冰冷的铁门铃把手，他稍微拉了一下，把手就停了下来。他认真地听着，想听到钟声、铃声或类似的声音，但什么声音也没有。然后，他试着往回推把手，也许把手在回程中能够恢复工作，但不管怎么试，把手卡得死死的。

提米别无选择了。“麻烦开门！”他边喊边砰砰地敲门。

他敲了三下门，然后隔着信箱口叫了起来：“沃西教授，我叫提米，我爷爷霍勒斯派我来拜访。”喊完之后，他等待着答复。

他顺着门缝往里望。“你好……教授。”他朝着远处一个黑洞似的走廊喊道，还是没有任何回答。提米手足无措，看着信箱口，也没有带纸笔可以留言，这个小细节的疏漏让他有些恼火。看来只好回去了，他转身要走，不经意地向下一望，却一激灵打了个寒颤。

提米迅速后退几步，把背部靠在门上做支撑，一种前所未有的恐惧感迎面袭来。提米站在乡村城堡最高一级石阶上，可以俯瞰整个花园。下面到处都是鼹鼠丘，最特别的是，就在他几分钟前刚刚走过的石阶脚下，就有一座鼹鼠丘。他记得从小路走过来的时候，它并不在那儿，否则他就得跨过去。他慢慢地走下石阶，弯下腰仔细看了看，然后向后一屁股坐在石阶上，他得想一想。

爷爷的话此时在耳边响起来——“塔尔帕将会选择”。

他几乎可以相信，当他在乡村城堡门口喊叫着敲门的时候，一只鼹鼠一直在小丘上打量着他。他现在非常害怕，因为天空已经开始变暗，提米担心那个长长的绿色拱门通道，那里黯淡的光线犹如一条漆黑的隧道，充满了恐怖气氛。

这时，他身后传来一声响动，像动画片中鬼屋开门时发出的那种可怕吱吱声。前后恐惧感夹击，他已经不敢回头，起身就开始往草丛中的小路跑去。原来没有鼹鼠丘的小路上，现在布满了鼹鼠丘，而且与他的步伐间隔几乎相同，犹如高低起伏的月球表层。心中的恐慌驱使他只能快跑，脚下不时出现碰倒坍塌的鼹鼠丘，他心里念叨着“对不起，对不起”，继续朝着前面黑暗的绿色拱门通道奔去。每跑一步，他都能感觉到松软的泥土在脚下沉陷。终于，远处的漆黑隧道尽头，在最后一抹阳光照耀下出现了朦朦胧胧的大门轮廓。提米到达大铁门后立刻钻了过去。

提米停下脚步，终于松了口气，他手扶着那扇笔直的生锈大门，回头向乡村城堡方向眺望，在太阳落山、华灯初上的时刻，他把注意力集中在远方的建筑物阴影上，他看到一扇若隐若现的三角形小窗户，一盏微弱的小灯从中闪烁——乡村城堡里确实有人。

天空开始乌云涌动，随着四周一阵风声沙沙作响，片刻间唰唰地下起雨来，提米以风驰电掣般的速度向村里飞奔。

他一口气跑到了邮局附近，熟悉的场景帮他找回安全感，此时他才注意到自己浑身湿透，筋疲力尽。空气中弥漫着落叶与土壤混合的气息，让他逐渐平静，此时此刻，他最期待古怪的比丽丝姨妈对他大呼小叫、发发牢骚。提米经过邮局时，看见邮局发髻妇人正从陈列品橱窗上方向外张望，橱窗里贴着明信片和村庄告示。当两人的目光相遇，提米觉出自己不喜欢这位梳发髻的妇人，她身上带着明显的怪里怪气。

提米到了姨妈家，小个子韦利正蹲坐在门阶上，“微笑”地看着他，韦利不知吃了什么，上唇粘到了牙齿上，虽然眼下其貌不扬，但是看上去非常得意。

提米走进屋，很快就听到姨妈的说话声。“是你吗，提米？我一个多小时前就把你的晚餐准备好了。恐怕太干了，我只好给韦利吃了。”怪不得狗很得意，显然，韦利很愿意提米待在这儿。

“等一会就好。”姨妈接着说，“冰箱里有一块儿很棒的鱼肉派，我可以给你热一下。”

“啊？”提米心想，“只好吃鱼肉派了。”看来晚回家的代价就是吃姨妈那称得上传奇的英式馅饼。

大约半个小时后，他也擦干身体回到餐桌上，从烤箱里刚出来的一个大盘子正等着他，盘中是典型的英式家常菜，一大盘热乎乎的鱼肉派借助气势一起一伏，仿佛在说：“有胆量就吃我吧。”

“饿了吧，亲爱的？”姨妈问道。姨妈穿了一件华丽的粉红色纱丽，双手伸展着，如同帝王一手持珠宝，一手持权杖，她一手拿着大盐罐，一手拿着大勺子，仿佛要用魔法变出什么东西来。

姨妈泰然自若，把大勺子插进那堆黄色的黏黏的奶酪、鱼肉、马铃薯等混合物里。鱼肉派不愿轻易就范，不想离开那个温暖的陶瓷盘。勺子刮蹭着盘子底，带出一阵阵刺耳的、放屁似的声响，逗得提米咯咯地笑起来。当然，提米心想，如果陶瓷盘离开了桌子，就变成了“一只浮动的碗”，那么这个魔术也就算结束了，他为自己的有趣观察和想象而感觉心情愉快。

姨妈的胳膊则持续发力，想把大勺子从鱼肉派里拽出来，虽然脸上还浮现着微笑，但是脸部肌肉已经开始颤抖。此时此刻，似乎就等待一声锣响，好戏将要开场。

果然，随着噗的一声巨响，姨妈赢了，一大块鱼肉派被勺子翘了起来。那么一大块，提米一下就想到了冰山的构造，下面比上面东西多。可万万没想到，姨妈用力过猛，装满鱼肉派的勺子呈扇型飞越了她的肩膀，撞击在身后深色花朵的墙纸上喷溅开来，瞬间，墙上盛开了一朵巨大的、黄颜色烟熏鳕鱼向日葵花盘，其花茎则由勺子的长柄绘制。

鱼肉派在墙上粘了片刻，似乎不想继续趴着，只好识趣地准备从墙上往下滑。韦利冷眼看着全过程，漫不经心地朝馅饼走过去，它似乎见怪不怪，完全习惯了屋里到处乱飞的食物。

“天哪，天哪。”姨妈一边嘴里喊着，一边操心着韦利，还顺手把勺子捡回来放在桌子上。“你一定好奇我怎么是这样一个人，”然后她又转向韦利，“去，亲爱的，把它吃了吧，不过要小心，别弄脏墙纸。”提米惊讶地张着嘴，难以置信地望着眼前发生的事情，看着韦利轻松地用嘴接住了滑落下来的鱼肉派，开始吞咽，这一幕既让人恶心，又感觉这条狗食传送带颇有效率。

“我们再试试吧。”姨妈说着，揪下粘在勺子下面的一大块墙纸。提米央求着姨妈：“其实我不怎么饿。”姨妈则很坚持，说：“不可能，我可不想让你告诉你妈，说我没让你好好吃饭。”

要是妈妈知道就好了，提米心说，我肯定要告诉她关于这顿饭的故事，简直就是一出现成的喜剧。

鱼肉派上面顶着一层黏糊糊的乳酪，无精打采地坐在盘子里，如同瓷釉一样牢牢地粘在黄白相间的盘子上。提米试着转着圈下嘴，费尽周折，总算吃完了，然后他帮着姨妈收拾了餐具。

韦利也狼吞虎咽地享用了提米的晚餐，通过坡道回到沙发上，仰面朝天躺着，它一只眼睛看着提米，一只爪子在空中挥动，做出胜利击掌的动作。

那天晚上，家里还开了一档“文化教育”节目。姨妈拿出收购来的“老78”唱片，她要播放著名的“咏叹调”。旧货拍卖上常常可见“老78”标注，那是流行一时的转速较快的78转老唱片。留声机播放一小段，姨妈就拿起唱针转到下一段，唱针刚接触到转动中的唱片时，会夹杂刺耳的噪音。几番操作，提米才明白姨妈所谓的“咏叹调”，是指播放唱片上“最好听的一小段”。

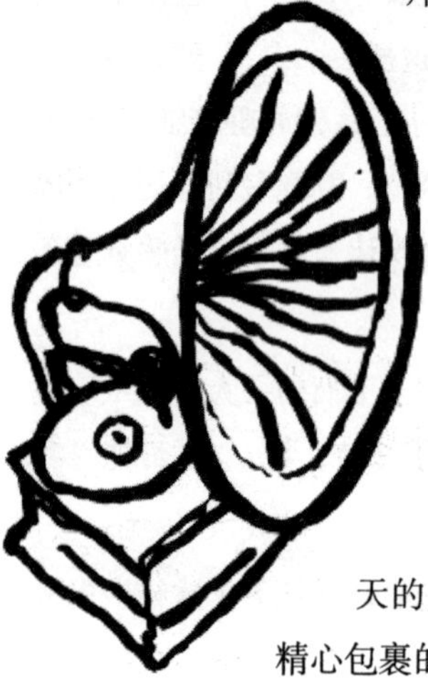

留声机很复古，老式机械手摇上发条，配有一个黄铜大喇叭，唱头形状像一个巨大的雏鸟头，带着眼睛和小针嘴。这些粗糙的唱片伴着姨妈的歌声和韦利无节奏的吠叫，让气氛很热烈，提米很快就把乡村城堡的恐惧情绪忘得精光，也转动着留声机摇柄加入了狂欢。

再晚一些，提米回到了卧室，开始回想白天的乡村城堡之旅，他打开了那个爷爷交给他的、精心包裹的黑盒子。

这个神秘的黑匣子分量不轻。他把它放在床上，拿出一个小笔记本，他已经在上面做了一些笔记。清单从丈量尺寸开始，长宽高分别是5.5、6.5、6.5英寸，重10磅。盒子由上下四层组成，四个不同的部件看起来好像应该能分开，因为每个部件之间都有一条细线隔开。具体再看其中某一个，发现每一个边上有一条细细的水平线，把这部分盒体又分出上下两个薄薄的部分。爷爷告诉过他，可能还缺一个最下面的部件，很可能就在教授的乡村城堡里，这个盒子总共由五层、五个部分构成。

盒子上的图案非常浅，大部分图案都已经有些腐蚀，和那些生了锈的旧排水管差不多。夹杂着斑纹的图案摸起来很舒服，一点也不锋利，而且随着岁月打磨还变得平滑了。盒子上到处都是亮黄色的符号，实际上这些符号嵌在金属里。提米记得爷爷说过，这些形状是纯金刻的，纯金不会褪色，因此颜色一直保持着鲜艳。床头柜上的灯光照射在盒子上，投下阴影，提米转动盒子，变换角度，观察着更多的图案，那些图案下面的图案、不同深度下的图案，都令人着迷。

他还把盒子举到了耳边，轻轻地摇了摇，可以听到里面有什么东西在移动，还听到了几声小小的铃铛声。尽管提米渴望进一步深入探索，但他感到非常疲惫……那晚的睡梦中，姨妈和韦利继续在下面唱着叫着，盒子上的符号充盈着他的脑海，还有无数的精致图案从盒子的表面分离出来，形成一个巨大的彩色万花筒，他漂浮于其中。

第七章

再闯神秘之所

第二天提米醒得很早，吃完烟熏鲱鱼汉堡包早餐，他又振奋精神，准备二探乡村城堡。

今天是星期六，姨妈去参加旧货拍卖日。姨妈头天晚上就已经告诉他，今天她要在11点前跑完圣托马斯旧货集市和救世军大集市，这两个大集都在城里。他跟姨妈说再见时，姨妈从开着的车窗里喊道："这些买卖很少会超过12点的，那时候，所有的便宜货都会一扫而空。哦，还有，别忘了烘干你的衣服，亲爱的，再见。"

随着汽车噪音的呼啸，提米看着姨妈开着那辆袋鼠似的汽车，消失在一片浓烟中。韦利也系着安全带坐在后座上，是那个坡道把它运上车的。

姨妈早早出发，真是歪打正着，坏事变好事，她忙得不可开交，根本无暇过问提米今天的计划安排。提米很快把湿衣服放进烘干机里，然后向乡村城堡出发。这一次，他下定决心要跟住在里面的人说上话。

他轻车熟路，很快就来到了大门口，但是大铁门不像昨天那样半开着，两扇大门现在已被一条重重的链子拴牢，锃新的铁链与生锈的铁门形成鲜明对照。他透过栅栏望进去，借助阳光，他的目光巡视着绿色拱门通道以及更远处开阔的草地，他还发现那条旁边的小路已经变得非常平坦，当然他现在想象不出小路上曾经布满了鼹鼠丘。

提米站了一会儿，然后再好好看看锁着的大门，他沮丧地摇了摇头，推搡了几下大铁链。空气一时凝结，只有一只乌鸦在哼唱，他思忖着下一步怎么办。然而，就在乌鸦闭嘴的片刻之间，他听到肃静中传来一阵刮蹭后的拍打响动，他转向乡村城堡方向仔细辨别、认真观察。

声音是从绿色拱门通道那边传来的。提米很快就注意到，高高的草丛在缓慢地摇动，长草在拱门通道的边缘一侧摇摆着，动静就是从那里发出的，提米的眼睛迅速跟踪着草的移动。这个场景重复出现，每次都是先停下来，然后传来一声刮蹭后的拍打声，声音也逐渐向这里靠近。

突然，绿色拱门通道外的小路边，一位拿着铁锹的小个子先生出现了。

他戴着一顶奇形怪状的圆锥形帽子，好像穿着短裤和衬衫，和提米在历险故事《男孩自己》中见过的猎象者很像。他的脸上长满了白胡子，脸部中间戴着一副黑黑的圆眼镜，架在球形的红鼻子上。那人慢慢转身，从侧面看眼镜的镜片像玻璃泡一样凸出，他的头部也慢慢地转动，视线直视大门方向，可以看到两个黑眼珠放大得像鱼眼一样。那人站立一会儿，然后转过身回到草地上。

接着就是铁锹高高扬起，还伴随喃喃的咒骂，随之摔打下去。提米听出来了，刚才的刮蹭、拍打声就源于这些动作。提米睁大眼睛想看清楚那个人在哪儿，只有移动的草丛表明他还在花园里。那个人的动作停下来了，因为周围重新归于寂静。

草丛又开始摇荡，那人向提米这个方向运动了几步，却又停在绿色拱门通道附近的小路边缘，如果再走一步，小个子先生就会完全现身。就在小个子先生的停留地，路边与草地相连处，是一座孤零零的鼹鼠丘。突然，铁锹出现在小土堆上方，伴随着一连串低沉的话语，砰的一声重重地砸在土堆上，鼹鼠丘被压平了。很快，草丛里的移动迅速向乡村城堡而去。

一系列不可思议的场景。小个子先生是谁？他是园丁吗？他就是那个难以捉摸的沃西教授吗？为什么没有喊一声，或者至少敲一下大门，或者弄出点什么动静？提米心想，本来有机会，光顾着看了。即使那人不是教授，他肯定也能告诉自己在哪里能找到教授。提米沉思片刻，使劲推动大门，那扇顶部没有合页的大门慢慢地开了一条缝，刚好够他爬进去。

一爬进去提米就迅速起身，沿着小路向前跑，嘴里大声喊着：“沃西教授，伊桑，我是霍勒斯·坎伯特的孙子，我有话要跟您说！”

提米感觉现在最好喊几声，免得那位拍打鼹鼠丘的人以为他擅自闯入，也过来拍打他。提米一直跑到乡村城堡的台阶下，也没看见人，只见大门虚掩着，铁锨搁在一旁。他走上台阶，像上次一样去拉门铃把手，还是卡着的。提米对着虚掩的门，向里喊了几声：“沃西教授、沃西教授……”然后等着应答，没有动静。哦，现在怎么办才好？如果现在开门就进，那就是非请擅入，如果明天再来，这扇门可能根本就不开。别无选择，提米决定得进去。

他推了推门，感觉很重，起初只开了一点。他的胳膊和肩膀一起用力顶门，大门开始慢慢移动。常青藤的枝蔓茂密地生长在大门下，绷得紧紧的，门再也开不大。提米挤了过去，门上的一个大钉子钩住了他的套头衫，钩出了几根线。

室内被一片漆黑笼罩，提米慢慢适应了室内外明暗的变化。在他的脚下，走廊里爬满又长又细的常青藤，它们穿过了木地板，由于缺少光照，状态有点奇怪，对，提米突然想起生物课上学到的一个词——植物黄化。

一根细如金棒的光柱，以某一个角度刺穿了他面前的黑暗，幽幽地照亮了这个本该富丽堂皇的大厅，可以看出，所有的东西都蒙上了厚厚的一层灰尘，以致房间内该有棱角的物体和它们的边缘之处，都显得浑圆和柔软。提米环顾四周，一件件具体的东西开始进入眼帘，有怪怪的物体，有精致的柱子和上面的小摆件，有嵌着亮晶晶玻璃眼珠的陌生鸟类标本，靠着一面墙的桌子上，还堆摞着一卷卷像是不同国家和大陆的各式各样的地图，卷轴弯曲的地方灰尘少一些，露出更多的细节和颜色。提米抬头望向天花板，褪了色的图案被木质装饰分割成呆板的正方形。

提米的眼睛适应了这个昏暗的环境，再看大厅，前方直角向左转、向右转各有一条走廊。这时，他的耳边传来微小的水滴溅起的响动，他赶紧转身，眼见一只大黑老鼠靠墙飞窜，迅速消失在左边黑暗的走廊里。

他朝着那条细细的光柱走去，突然被一块破旧褪色的地毯绊了一下，地毯抬起落地时，发出啪嗒的沉闷响声，显然地毯被水浸湿了。提米停下脚步，抬头望去，发现屋顶上有个洞，水和光线都是从那里进来的。提米这时才闻出前厅里弥漫着潮湿的味道，而且刺鼻难闻。这并不是最近的漏水处，因为前厅里的确有水在流动，加上晦暗的光线，直观感觉好像地板上铺了一层冰。

提米又喊了几声，然后冒险继续深入，他选择避开看到老鼠的那一边走廊，向右边黑乎乎的深处走去，随着他的行进，屋顶上的水滴落在地毯上的噗噗声也渐渐消失在身后。

透过朦胧、疏散的落在走廊里的光线，提米辨别出靠墙有个大型物件，当他走近一看，就像博物馆里的大型展示柜，占据了从地板到天花板的整面墙，放置的物品可以用浩瀚来形容。尽管里面的东西都藏在深黄色玻璃纸百叶窗后，好像在保护内部免受阳光直射，但实际上这里没有需要遮挡的阳光。走廊外墙的窗户都用木板包着，光线只能穿越不规则的木板产生的裂缝，透过木板上爬满的常青藤空隙，一些光线总算挤过来了，也只是勉强能使提米看清周边情况。可以想象，假以时日，不断生长的常青藤一定会把乡村城堡的所有光线挡住，并将其封闭，那时整个城堡就会陷入一片黑暗之中。

提米走到了走廊尽头，一扇镶板门挡住了去路。他敲了几下，声音传出去，似乎被远处吞没。脚下的门缝里，透出了一条又细又亮的光线。提米转动门把手，走了进去。瞬间，他的眼睛被迎面而来的炫目光线刺得生疼，也险些惊掉了下巴。这是他见过的最高、最亮的房间，比他刚离开的走廊明显暖和很多。强光产生着热量，与乡村城堡里的湿气混合在一起形成可见的雾气，雾气从地板上升起两英尺高，提米一开门，就近的雾气迅速从敞口中如幽灵般逃离。

然而，光线不是从哪扇窗户照射而来，因为一扇窗户都没有。他抬起头，最高处是一个巨大的玻璃穹顶。提米走近乡村城堡的时候，并没有注意到建筑高处有大穹顶，它一定是维多利亚式建筑，将穹顶置于华丽的正立面之后。

提米用手遮着眼睛避开耀眼的光，他看到玻璃顶由精致的铁梁支撑着，一排排铆钉就像冷凝的大水珠，悬挂在每一根铁梁下面。房间顶部分成两部分，偏下的部分，由许多长方形玻璃板支撑着上面的穹顶；穹

顶则如同高耸的教堂，偏上的圆形部分由几百个三角形玻璃组成，每个框架都由精致金属格架上的黑色螺栓锁在一起。整个房间被漆成最亮眼的白色。

在玻璃穹顶下，无数的镜子覆盖着墙壁，成百上千面镜子看起来像

不知名的一簇簇菌菇，以千姿百态的形状反射着阳光，房间里环绕着斑驳陆离的光束，提米感觉自己正置身在一个巨大的珠宝盒中。所有的镜子都离墙稍远，看不到镜子安置的位置，给人一种悬浮的感觉。他后退几步，朝镜子和墙壁之间的空隙望去，他看到每一面镜子都用精致的金属条固定，就好像蜘蛛在镜子和墙壁之间织了一张金属网。似乎为了强化这种效果，镜子上方还悬挂着长长的铁链，这些铁链垂下来，通过许多齿轮和滑轮，连接着每面镜子上的一个奇怪装置。所有链子都离地板大约六英寸，有些链子受到他进屋带来的气流干扰，轻轻地摇晃起来。提米很想拉一下链子，但想了想还是忍住了。

屋子中央树立着一组奇异的雕像，共六尊。他走近一看，发现每一

根华丽的柱子上都是已经灭绝的渡渡鸟雕像，它们站立着，好像在站岗。几只渡渡鸟用短小的、不能飞翔的翅膀支撑着身体，另外几只鸟则伸出翅膀，明知不能飞起来，却使劲地把脖子伸向天空。雕像的后背也很奇异，上面各有一盏灯具，乌玻璃灯罩里面有个球形灯丝，像是野营煤气灯中的一种飓风灯，这是提米能描绘的最接近的灯具。固定渡渡鸟的柱子上装饰着金属，透出漆黑、冷艳、阴冷，个别的地方有些发亮，可能有人经常触摸或者擦拭。他轻轻敲了一下渡渡鸟，声音比预想的大得多，也很空洞，这个寂静的房间既放大了声响，也带来了明显的回声。

他小心翼翼地走进似乎被渡渡鸟雕像守护的圆形空地。在完美无瑕的大理石地面上，有一条细沟在中央部位标记出一个八角形状，一些小夹子样式的黑色金属物体穿过地板呈现出环绕形状。提米弯腰细看，大理石地面上的八个金属夹子都张开着，好像它们夹着的什么东西被拿走了。这些富有装饰性的夹子和白色地板形成鲜明比照，其中有几个开口朝下，而另一些则像张开的螃蟹钳子，似乎在向不受欢迎的不速之客发出警报。

在中央八角形周围，有许多细微的红色蜡笔画，画的是各种符号、箭头和一些图表，就像一本技术书里的几页内容，不停的涂涂改改已经弄乱了原有的红色标记。这间房子看上去很新，只有一层薄薄的灰尘能够显露出几许岁月的痕迹，在“新”的衬托下，这些图画显得空灵飘忽，线条不实，似乎表明这些草图是更早一些时候画的。

提米转头看看进来的那扇门，发现自己的脚印清晰可见，并且随着脚步的移动，阳光下几许微尘颗粒轻飏浮沉，袅袅上升。他顺着它们的走向望向穹顶，令人叹为观止的一幕让他无比惊讶，从头顶上的每一面镜子中，可以看到悬浮在空气中的尘埃形成了无数的光束，整体看起来像一个精心设计的警报系统，从各个角度发射着激光。

他绕着房间中心走着，头后仰向上，随着他的每一次微笑、大笑和抿嘴笑，头上的光束都会随之闪烁和漂移，美轮美奂的景象令提米惊叹不已。就是脖子一直仰着，很快就开始酸痛。他把头垂下稍作恢复，却注意到地板上有一片灰尘与众不同，从中央部位到对面一扇门之间的灰尘很少，显见有什么东西通过这条路径从那扇门搬出去了，再仔细一看，这个东西应该就在房子中心的八角形凹槽上，大概就是用现在闲置的那些夹子进行的固定。

提米走到了这扇门前，这个位置正好位于他所进门的对面。他转动门把手，门把手也随之转动，但是门没有开，他又使劲试了试，确定门已上锁。他后退一步，仔细地打量这扇门，这是一扇带有某种威严、权势的精致镶板门。目前他是没有办法穿过去了，但也许乡村城堡后面还

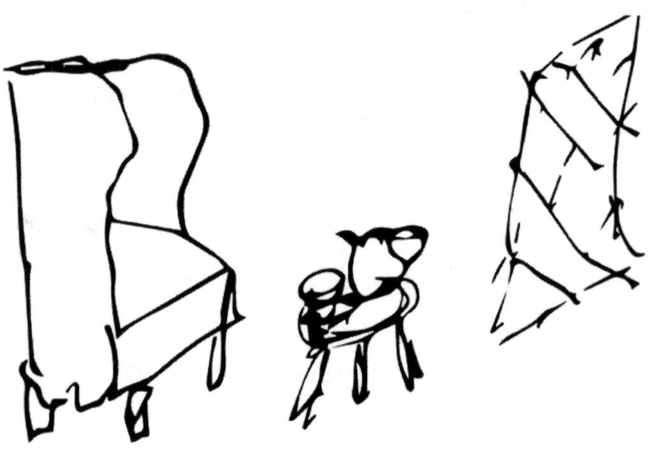

有别的入口。“值得一试。”他心想。

他沿着原路顺利返回到大厅，湿漉漉的地毯再次发出咯吱咯吱的响声表示欢迎。可他一看大门似乎关上了，吓得一缩脖子，这可是目前可知的唯一出路，他惶惶不安地赶紧走过去开门，看看是不是被锁在里面了，还好，一场虚惊。

他环顾了一下大厅，感觉左边走廊也在向他招手，这条走廊和刚刚去过的放置壁柜的右走廊一模一样，虽然先前看见了老鼠，他心里有点忐忑，但好奇心还是驱使他走了过去。他沿着走廊走到尽头，右转一段，再左转，那里有另一扇门挡住了去路。这一次，提米在开门之前有所准备，他先用手遮住了眼睛，以防强光出现。

出乎意料，这个房间完全不同于那个满是镜子的房间，这里又长又窄，它的长度似乎与乡村城堡从左到右的宽度相同。深色的橡木板窗户、窗棚以及悬挂的沉重的绿色窗帘，都处于打开状态。光线穿越了常青藤的缝隙，重叠上层层窗栅，光斑光点组成的光影图案变得毫无规律可言，就像一幅抽象的、怪诞的黑白迷彩画。

提米一数，房间里的六扇窗户都安装了折叠百叶窗，他和家人在法国度假时，被这种窗户夹过手，所以印象深刻。几把高背椅朝向窗外摆放着。其中一把椅子前面有一个脚凳，一边有一张小桌子，上面放着茶杯和茶碟，旁边是一个很大的银茶壶，仿佛有人刚刚走开。然而，提米拿起杯子细看，发现杯子里面是干的，而且已经干了一段时间，杯底上有一层薄薄的茶叶由于水分蒸发而板结了，似乎有人正在品茶的时候，窗外的事情把这个人吸引出去了。提米想象这个人就是教授，教授正在品茶冥想，花园里发生了什么，打乱了他的思绪。

提米眯着眼睛，透过常青藤的缝隙向外张望。这里就是乡村城堡的后花园，与他走过的前花园迥然不同。长草林立，郁郁苍苍，一直延伸至远方一片茂密的森林边缘，一个庞大而华美的花园正在渐渐被草木吞噬。高大雕塑的上半部分，顽强的从杂草中拔地而起，古典风格的男像女像雕塑正远方眺望。奇妙的是，有几尊雕塑的手臂都指向远处树林的某个地点，如果有人坐在窗户附近，视线很容易被引导过去。云层遮住了太阳，天空开始有些阴沉下来。

就在提米聚精会神地观察花园的时候，他一眼看见那个戴大眼镜的小个子先生从乡村城堡走了出去。提米迅速起身，原路回到大厅前门，从外面绕到乡村城堡的后面，他站到一个稍高的利于观察的位置，他可以看到那位先生仍然拿着铁锨，穿过芦苇似的长草，向远处几个鼹鼠丘走去。像以前一样，他迅速地用铁锨把它们铲平，然后这位神秘的先生转身向乡村城堡走回来。

提米站在那里一动不动，眨眨眼睛，以便看清楚那个草丛里的身影。哦，天哪，他正朝自己站的位置而来。提米躲也不是，喊也不是，那人已经越来越近了。提米想打个招呼，但嗓子眼发干；想转身就走，双腿发僵。犹豫之间，小个子先生穿过了阶梯下面的草丛，一步一步缓慢地爬上了台阶，然后他停了脚步，抬起头，把头转动到可以直视提米的眼睛。

双方在这个距离就彼此都看得很清楚了。老人碧蓝色的眼睛很大，明亮、深邃而凝重，身上有一股泥土味。他把头上的遮阳帽摘了下来，白发直直地从前额往后梳，两颊上布满浓密的胡须。他站着差不多跟提米一样高，但胖得多，用圆润描述更贴切。

小个子先生突然问道：“你是鼹……？”

提米紧张地咳嗽了一声，然后尴尬地傻笑一声，回答说：“我当然不是鼹鼠，我是个男孩，我叫提米，我爷爷是霍勒斯·坎伯特，是他让我来和您谈谈。”

提米还伸出了手，想礼貌地自我介绍。但老人只是从后兜里掏出一块旧布，擦了擦额头，然后低头凝视地面。沉默了一段时间，好像他正在消化和理解提米所说的话。“我根本不认识什么霍·坎。”老人几乎用生气的语气说，然后戴上遮阳帽，把旧布放进口袋。“我也不认识提米。”他又补充了一句，然后走开了。

提米愣了几秒钟，忽然急中生智，高喊了起来：“我看到金鼹鼠了，是塔尔帕、塔尔帕。”老人停下脚步，毫无反应地站立许久。然后，大步流星地向乡村城堡前门走去，他几乎是挨着墙边走，好像在躲避想象中的雨水，脚下是一条石板路，上面长着各种颜色的苔藓，走起来嘎吱作响。

提米听着乡村城堡前门传来一声“砰”的关门声响，胸中涌起阵阵失望，神秘之旅还没开始似乎就结束了。

看来小个子先生肯定就是正要拜访的教授，否则他听到鼹鼠时不会有这么奇怪的反应。可是他为什么总是又铲又拍鼹鼠丘呢？难道他讨厌鼹鼠吗？提米也跟着走到了乡村城堡前门，门已锁。也许教授就在后面那间长条形的房间里。

提米很快绕到后面，从那扇爬满常青藤的窗户往里看，高脚凳还在那儿，只是没有人。全都搞砸了，提米很沮丧，甚至掉下了眼泪。他找块石头坐下，一只脚来回蹭着脚下的泥土，不时回一下头，看看有没有人在看他。

悠闲的微风，轻柔吹动着少年的脸庞和头发。在这个阳光明媚的夏日，提米在百无聊赖中，一个声音、一个熟悉而奇怪的声音吸引了他的注意力。他把头左右转动，试图准确定位这个声音。

声音从某个方位传来，非常微弱，似乎很遥远。他把手圈成圆筒放到眼睛上，想更清楚地分辨它从哪而来。当他望向花园里那些古典雕像时，他觉得声音一定是从森林那边传来的。他静静地站了一会儿，琢磨着是应该继续找寻教授，还是回姨妈家，或者跟着声音走。

他决定穿越草地。两边高大的雕像让人觉得很渺小，他知道如果自己能始终看到这些雕像，就意味着在一个通向森林的正确方向上。路过每个雕塑他都抬头看一看，神奇的是，每尊雕像似乎都在督促他向发出声音的地方前行。不久，草地变成了更容易行走的平坦的灌木丛。经过最后一尊雕像，提米往回看了看，惊奇地发现地上有一排从乡村城堡向外辐射出来的若干条沟槽，仿佛灌木丛重新组合并开辟了一系列平行的灌溉渠。远处的乡村城堡依然清晰可见，然而脚下的这片平坦之地与有雕像和大片草地的乡村城堡及其花园形成明显的反差，相比之下这里反而过于平坦了，就像一条分开乡村城堡和其他地方的边界。

再走几步就是森林了，提米很快就进入一片树荫，厚厚的橡树叶像海绵一样松软，走起来噼啪作响，更显森林的寂静。

那个熟悉的怪声又响了起来，他听出来了，像“Pweeeeeeeezeeeeeeee”。

不久，他来到林中一小块儿空地上。

又听到了那个声音——“Pweeeeeeeezeeeeeeee”。

一定是那只鼹鼠，那只在家碰到的金鼹鼠，它也来到了沃西教授这里，也许它是来帮忙的。提米的眼睛在空地上巡视，果然看到了那个小动物。就在不远处，它站在新形成的鼹鼠丘上，戴着眼镜探出一半的身体，它又发出了呼唤。

它的头部向上翘起，动作如同一只小狼对着月亮长嗥，好像“Pweeeeeeeeze”这个词从身体深处发出，声音也比以前更大。

为了不惊吓着它，提米小心翼翼地向金鼹鼠走去。等他走到伸手可及的距离时，金鼹鼠又开口了：“Pweeze。”

语气里透出一些谨慎，所以提米停了下来。相互缄默无语，就像朋友在交谈中暂时陷入了无语的僵局。提米灵机一动，问道：“塔尔帕？”

他的呼唤瞬间得到了刺耳的回应：“Pweeeeeeeeeeeeeeeeeeeeeeeeeeeeeeeeeeeeeeeeeeeeeeeeeeeeeeeze。”

小家伙高兴得浑身发颤，与家里的老狗菲戈浑身湿透时一模一样。然后，它用一只爪子做了个手势，就像魔术师开演之前先亮个相，紧接着，一只爪子快速清扫了几下眼前的地面，另一只爪子在新鲜的土层上画出几个符号。

起初，提米摸不着头脑，无从猜测，但很快一些形状和符号就有了点模样。金鼹鼠抬头看了看他，指了指其中一个形状，然后又看看提米。重复了几遍，金鼹鼠有点不耐烦了。提米试着回应：“盒子？”金鼹鼠两只胳膊上举，左右摆动，好像在接受看不见的观众给与的掌声，然后它指向下一个图画。

“乡村城堡？”提米探寻着问。

金鼹鼠又手舞足蹈高兴起来，整个游戏有点像猜字谜，但谁会相信他正在和一只戴眼镜的金鼹鼠一起玩呢。游戏继续进行，这次画出来的像一个戴着帽子、眼镜、拿着铁锹的人。

提米判断着说：“沃西教授？”

“Pweeeze，Pweeeze，Pweeeze。”鼹鼠急促地回应，听起来有些惊恐。

“Pweeeze，Pweeeze，Pweeeze。”

很明显教授不受金鼹鼠欢迎。提米注视着小动物，见它转动一只船桨似的爪子，嘴里同时发出“Pweeeze”，先高音，再低音，又升回高音。

“Pwwwwwwwwwwwwwwwwweeeeeeeeeeeeeeezzzzzzzzzzzzzzzzzzzzzzzzzzzzze。”

金鼹鼠画出一个大箭头指向乡村城堡，还画了一个连接盒子的符号。提米有些理解了，“盒子、乡村城堡、沃西教授”，应该把它们三个放在一起，于是推断说：“你想让我带着盒子去乡村城堡见沃西教授？”

小动物兴高采烈，高兴得从鼹鼠丘里翻出来了，用后背滚下了小土堆，四肢摇摆。可金鼹鼠是怎么知道提米有那只盒子的？它又是怎么一路跑到乡村城堡来的？这些问题提米还无法解答，但他觉得现在出现了新的希望，鼓起了新的勇气和决心，他要拿着盒子去找教授。鼹鼠从兴奋状态恢复了平静，回到鼹鼠丘，它又抬头望望提米，露出微笑，一转眼就消失了。

此时提米独自在树林里，没有任何胆怯，只是有不少困惑。直到身上感觉有点冷，想着该回去了。他转身往回走，也不知道这一路跟着金鼹鼠的呼唤走出来有多远。他挑选了一条路，沿着一条草不是太茂盛的路回到乡村城堡的花园边上。路途真是不近，他对自己走了这么远的路感到吃惊。然后，他快速地沿着花园小路走到绿色拱门通道，最后钻过大门朝比丽丝姨妈家走去。

黑盒子显然是谜团的一部分，甚至于可以说它就是开启真相的一个魔盒，他觉得应该把这个魔盒拿给教授，可能有助于解释一切。尽管不能确定那个奇怪的小老头是不是教授，小老头似乎也不太愿意见到他，但提米还是决定下次来的时候带着魔盒。

提米回到姨妈家，家里的生活也一如既往的忙乱与喧闹，看来姨妈上午的集市大扫荡非常成功。眼下姨妈正坐在一大堆东西中间，门前门后、墙角旮旯都堆满了大小不一的洗衣袋。

韦利也卷入其中。它正炫耀着帽子顶上的绒球，当它转身看到它的对手走过来，绒球滑稽地歪向一边。它的爪子上套着彩色婴儿袜，脖子上系着污迹斑斑的领结，身上穿着一件娃娃的粉色开襟羊毛衫，后背上挂着珍珠钮扣，好像狗的后背受伤缝了几针。如果不让外人看见，韦利很乐意接受女主人的突发奇想，但现在这身装束要展示给提米看，韦利感到几分尴尬，它竟然想脱掉自己的化装服。它先抓挠那顶绒球帽，但只是把它弄歪了，像法国水手把帽子斜压在一只眼睛上，样子有点搞笑。接着，它又试图脱掉羊毛开衫，折腾来折腾去，把羊毛衫褪到了屁股上，好像穿着绒毛的尿布。看到韦利的时装表演与胡闹，提米高兴得大笑起来。

比丽丝姨妈就更光彩照人了，耳朵上带着色彩斑斓的暖耳罩，鼻梁上架着一副六十年代款式的深色太阳镜，由于少了一只镜片，太阳镜缩向了一侧。令人难以置信的是姨妈穿了一件奶油色婚纱，婚纱长长的裙摆洒落在房间各处，就像在野外碰上了一股螺旋上升的劲风，兜起了裙摆，然后缓缓降落。

姨妈站起身，嘴唇皱起，发出嘶哑的、夸张的欢迎声，她一移动，婚纱长长的裙摆像消防水带一样紧随其后。

韦利变得警觉起来，好像有谁要攻击它心爱的女主人，背上的毛都竖了起来，更加精神抖擞，寸步不离那件长袍。漂亮的蕾丝花边从缎子裙摆上脱落下来，韦利裹在重重的裙摆下，汪汪的叫声降低了不少分贝。“别胡闹，韦利。”姨妈边说边拉着裙摆，韦利则咬住裙摆寸土不让，双方开始了拉锯战。经过一阵咆哮和撕扯，韦利取得了胜利，引发激战的那部分华丽装饰轰然倒地，黯然离去，姨妈就剩了一件上衣。韦利看起来很满意，长长的棉絮在嘴上挂着，狗脸上露出得意的微笑，筋疲力尽的比丽丝姨妈则一屁股向后坐在椅子上。

“小傻瓜，你这个小傻瓜，”姨妈喘着粗气说，“狗有狗道，它知道我不适合穿奶油色，之前我的肤色可是最适合的。”然后她又对着猎犬说：“对吧，韦利？”

都消停了一会儿。

“开饭吧。”姨妈站了起来，仿佛几分钟之前什么事都没发生过。

“太好了。”提米说着，顺手从椅子上挪开一个看起来很旧的蛇皮手袋，坐了下来。

第八章

别碰方尖塔

第二天，提米早上10点左右就带着爷爷的魔盒到达了乡村城堡，魔盒用一块从姨妈家借来的枕套包裹着。碰到金鼹鼠以后，他更加渴望从众多谜团中找到答案。

提米到达时，前门仍然关着。他转到后面看看哪里能进去，发现乡村城堡后面打开了一扇窗户，窗户上攀爬的常青藤被推到了旁边。他顺着窗户往里看，发现这是通往书房的窗户，实际上是一个图书室，不像家中的书房只有一面墙，这里一列列的书架上放满了各种书籍，规模甚至可媲美市立图书馆。

陈旧的顶灯发出的琥珀色光芒给房间带来了一些暖意。风扇在天花板上懒洋洋地转动，每转一圈，灯光就会发生明暗变化。如果没人邀

请，提米通常不会擅自进入，但他现在迫切地想要找到教授，解开魔盒之谜。虽然他已经向那位老人介绍过自己，但还是对从窗而入心存内疚。他从窗台上小心翼翼地爬进去，一只手把魔盒紧紧地贴在胸口，蹑手蹑脚地走在木地板上，靠近了离他最近的一个独立书架，这时他听到了房间里有人翻书的声音。

提米悄悄地走到稍远一点的第二个书架，然后又走到另一个。魔盒变得越来越重，于是他小心地把它放在两本书之间的空当处，并记下书名，以备再取回来。他继续蹑手蹑脚地前行，直到翻书的声音离他非常非常近了，他透过书架之间的空隙看到了那个小个子先生在书桌前研究着一本很大的书。老人手里拿着一支笔，好像在书上写字，每写一笔，就会发出啧啧声，还不停地摇着头。他聚精会神，舌头从嘴角上翘，当他使劲从眼镜底部往外看时，头歪得很厉害。老人会不时地发出“啊、嗯”或者类似的自言自语，舔一下笔尖，再写一点。他用一根手指往前指着字，到了页尾他合上书，起身把书放回书架，擦了擦眼镜，离开了图书室。

提米一直等到木地板上听不到脚步声，才迅速离开藏身处，看看小个子先生仔细标注的那本书，书名是《哺乳动物》，红色的大字印在米色的背景上。他随意翻开里面的印刷页，上面到处都是标记，几乎每个字都做了标记，确切地说是涂抹，使句子几乎无法读懂。提米首先想到了密码，也可能是某种暗号，但又不是，因为所有句子中只有一个字母被抹掉了。所有的“The”都不对，然后是所有的“Then”“Where”和“Were”等都特别。他弄明白了，每个“E”都有涂抹的记号，被除掉了。

提米转身从书架上随便挑了一本书，看看里面的“E”是不是也有类似情况，确实，每一页都有。他又检查了几本书，里面所有的“E”都不见了。他第一次认识到“E”在单词中的重要性，显然对这位老人来说，它们的意义远超出语法意义。

这时脚步声分散了他的注意力。他赶快往书架后面躲起来，由于太匆忙，他没把最后看的那本书在书架上放好，“砰”的一声书掉在了地板上。提米从躲避的位置看，图书室的门只开了一点儿，又关上了。他刚松了口气，还没等喘匀第二口，门就飞快地开了，“哐当”一声撞在墙上，一本书从离门最近的书架掉了下来。

“出去，出去！”小个子先生大喊。

沃西教授突然出现，让提米猝不及防，他本能地迅速下蹲。走来走去的教授，好似粉墨登场。他头上顶着一个巨大的器械，两只耳朵上套着硕大的古铜色杯状耳机，两只耳杯由螺旋弹簧装置连接，好像弹簧越过头顶将白发分开，形成一个类似波浪的波峰，头发拍打着他的前额，如同浪头撞击着悬崖。这个装置拖着一根长电线，应该与门外的插头相连接。设备发出一种“呜呜”的奇怪声音，提米唯一能形容这个发音的就是教小孩儿说话。

沃西教授睁大眼睛巡视着图书室。当教授走向提米藏身的书架时，提米吓坏了，“呜呜”的声音也越来越清晰，节奏上和心跳很合拍。教授几乎就要撞上蹲着的提米了，这时提米看见那根连线绷得很紧了，紧接着，教授一下子被电线拽了一个后仰，重重地摔在地板上，鞋底亮出了43码的标签，“呜呜”声也停止了，书房又恢复了宁静。

提米没敢动，他等着看教授能不能马上站起来，但教授也不动，只是静静地躺着，头上还戴着那个奇怪的不再发声的器械。教授可能受伤了，提米不能再躲下去了，他很快走到老人跟前，先把他头上的装置取下来。教授一直躺着，看起来很平静，不像昨天他们见面时那样狂躁。提米心想最好先听听教授的心跳，就像电影里看到的，人们一般会慢慢恢复过来。不错，教授的心脏在跳动。提米又手足无措了，就在他担心的时候，教授呻吟了一声，然后嘴唇合上了，提米稍微站远了一点，教授也睁开了眼睛。

“你是鼹……？”他重复着早些时候的问话，后面的“E”音还是没发出来，提米隐约感到教授发这个音有困难。

“不，我是提米，霍勒斯·坎伯特让我来的。”

“哦，我知道你是霍的孙子了。我是怎么倒地的？”

提米扶他站了起来。

“您耳机上的电线肯定卡住了，电线把您拽倒了。”提米解释说。

“哦。”教授显得习以为常，好像这事不是第一次发生。

“那到底是什么？”提米问道。

“你指什么？”教授揉着后脑勺回答。

提米注意到，他对着教授说话时，教授的脸部有奇怪的抽搐；当他停止说话，抽搐也随之停止。

“您头上的东西，耳机之类的。”

“哦，那个。那是一个抗鼹……的东西，或者你说得对，是抗塔尔帕干扰的小玩意。”教授强调了塔尔帕这个词。

“它有什么用呢？”提米问道。

教授叹了口气。

“它可以通过发出‘呜呜’的声音屏蔽鼹……的尖叫。”教授用通俗易懂的方式说。

“为什么要阻挡鼹鼠的声音？”提米接着问。

“屏蔽声音。讨厌的小塔尔帕们，总是大声呼叫，大惊小怪，害得我打个盹都不成，从我童年开始就喧闹不断。跟我来。”他厉声道。

教授伸出手，示意提米扶着他，然后他们手牵手穿过书房回到了大厅，又进入镜子室，来到那扇锁着的神秘门跟前。提米还有一肚子问题，但他感觉目前保持沉默是明智之举。教授从短裤口袋里拿出自己精心装饰的大钥匙，插进锁里打开门。一股冷风突然从另一条走廊吹来，走到走廊尽头又是一扇门。当提米等着教授打开门锁时，他看到门下消失的灰尘痕迹和镜子室那扇门前一样。

门开了，一股多年通风不畅造成的霉味扑面而来，让提米联想起大英博物馆埃及展厅里同样的味道。里面很黑，提米只能从轮廓中辨认出有一个巨大的物体，是一个有弧形顶部的塔。教授松开手，转向墙壁，咔哒一声打开电灯，天花板上悬挂着一个巨大的玻璃球开始发光，这是提米见过的最大的灯泡，灯泡嗡嗡作响，好像开始挣扎着尽快苏醒，过了好长一段时间它才完全亮起来。灯光照亮了室内的物体。

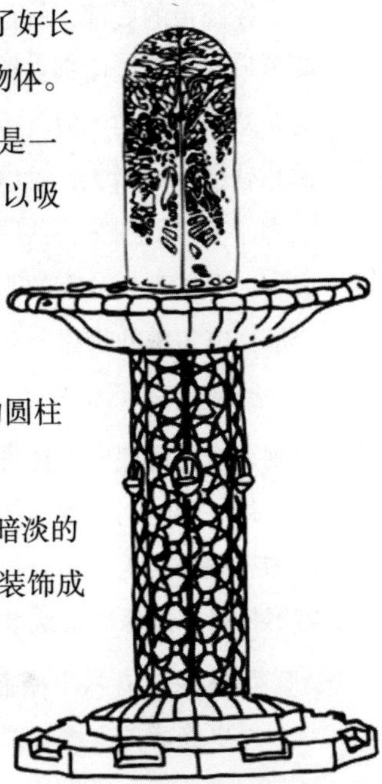

提米以前从没见过类似的东西，外面看是一种特别的哑光黑，和爷爷的魔盒一样，黑到可以吸光。高度大约有五英尺，底部是华丽的八角形，往上的一根方形柱有点微微倾斜，然后一直延伸到一个宽檐平顶，从平顶檐中心再升起两英尺，是一个精心装饰、周长更小的圆柱形圆顶，也同样有金属的外装饰。

圆顶是镂空的，他透过圆顶缝隙可以看到暗淡的金属反射光。灯泡越来越亮，围绕着圆顶将其装饰成一个日出形态。提米走上前去想仔细查看。

“你可以看，但别碰！”教授警告说。“别碰”，这句话含义复杂，既严厉，又带着威胁，还有一种很强的独占之意。

提米仔细看着圆顶，发现它的表面上有一片片金色，就好像图坦卡蒙的棺材一样完全镀了金。圆顶上精美的金属花饰勾勒出一幅风景画，他能辨认出云朵躲进树木，然后由起伏的山峦、广袤的田野延伸出迷宫般的线条，围绕着边缘扩展疏散。往下是小动物形状，它们围成项圈并包围着圆顶的底部。再走近看，他注意到一条细线把圆顶从上到下一分为二。他绕着这个物件走了一圈，注意到后面有一个长长的合页，和前面细线的线条相吻合。“圆顶一定能打开。”提米心想。通过圆顶的浮雕，他还认出光滑的金属是失去光泽的黄铜，圆顶中还套着圆顶。

在圆顶的底部，就是上面提到的宽檐平顶，从中心点到边缘大约是两英尺。整个表面都点缀着雕刻的图案、精细的线条、小圆玻璃片以及遍布整个平面的刻痕。一个个弯曲的小缝隙映出不同深浅的黑色，强烈诱惑着提米的指尖，难以抑制触摸的欲望。在边缘上不同的地方，有三组脚印一样的图案，共同指向圆顶，周围还有特别的符号、箭头和象形文字。那些到处分布的圆玻璃片，就像显微镜底座的镜片，镜片对着这个形似方尖塔的物体上空，但是什么也看不见。

宽檐平顶下面是一个金属杯托，固定在支撑圆顶的柱身上，柱身末端则是八角形底座。柱身笨重结实，上面有几处像扬声器格栅一样的开口。每一侧中间位置，都有一个从黑色金属凸出来的金色菱形，这些菱形物有一个向上倾斜的孔，像水嘴一样进到柱子里，水嘴底下是一个小容器托盘，好像准备从水嘴接什么东西。

物体底部有八个侧面，呈现出八角形，底座延伸出几层台阶的形状，以更稳固地支撑整体。一见到最下端，提米可以肯定，这和他在镜子室中央地板上所见的凹槽应该一致，其边缘是插槽，通过镜子室里的夹具将其固定在底座上。

“这是什么？”提米终于开口问道。

“是给塔尔帕的。”教授环顾四周低声说，他有点微微驼背。

“我不知道它是什么，我毕生都在研究它。”教授又说。

“您在哪儿找到的？”

“和这栋建筑一起来的，它是建筑的一部分。”教授回答。

“就是说，您买这座住宅的时候它就在里面？”

“不，不，不，不，不，不在房间里，在后面的树林。”教授一边压低音量揭示出这个惊天秘密，一边神秘地环顾四周。

停顿片刻，教授接着说：“它，”他指着方尖塔，“这是一个礼物，一个与生俱来的继承权。我曾经有过一个你不了解的捐助人，留下了这片树林和其他一切，从法老地回来就宣布了所有权。”

“我爷爷说您去过埃及。”提米说。

教授听到“埃及”两字，脸上露出失控的表情，但很快恢复了平静。

“啊哈，我的好哥们，怎么没过来看看埃及毛驴。”教授说这话时，脸部扭曲，神色不正常。

“都是岁月，孩子，都是‘驴’年马月的事了。”教授陷入了沉思。

“您怎么知道它属于鼹鼠？”提米打断了老人的回忆，他指着那个物体发问。

“遗嘱上是这么说的。”教授回答。

“什么遗嘱啊？”提米打破砂锅问到底。

“能证明继承权的遗嘱。”教授厉声厉色地回答。

“我能看看遗嘱吗？”提米穷追不舍，又赶紧添上一个礼貌用词，“请问。”

教授没说话，只是笔直地站着，他的脸开始变得深紫，紧张而扭曲，好像处于一种恍惚状态。嘴里突然发出“呜呜”的声音，接着双手捂耳就跑。提米紧跟在后，一路追着教授回到图书室，看着教授把那个大耳机样的抗扰器戴在头上，又转身迅速回到大厅，换了一个插头。教授重新启动设备，嘴里也立即停止了发出“呜呜”之声。

教授脸上的紧张感开始缓解，戴着抗扰器对提米喊道：“你现在得走了，我必须安静安静，事情来得猝不及防，明天再说吧。”他停顿一下，然后说：“两点钟见，再会。”

教授把提米送出前门，大门在提米身后“哐当”一声重重地关上了，紧接着传来门锁转动和挂门栓的声音。

提米突然想起他把魔盒放在图书室了。

第九章

捐助人的遗嘱

The keeper of this box may find
Immortized his name in time
Three times only tell the tale.
Or lose the chance to win or fail.
Til one will come who shall succeed.
To right a wrong and lothsome deed.
Forever will his name be placed.
Upon the Tolpa sleeping case.

第二天，提米早早地就到了乡村城堡，远远超前于教授规定的两点钟。提前的原因有两条，一是有点激动地睡不着觉，二是比丽丝姨妈把早餐面包烤焦了。当时，屋里到处弥漫着刺鼻的蓝色烟雾，烟雾报警器不停地鸣响，姨妈站在报警器下面用一块毛巾来回扇动，拍打着感应器驱散烟雾。好不容易安静下来了，韦利又仰面朝天躺在了地上，它被烟熏得大声咳嗽，为引起姨妈关注，好像还有几分夸张。姨妈手足无措，决定带韦利去看医生。

现在提米就坐在乡村城堡门前的台阶上，耐心地等着。两点钟，从村里的教堂钟楼传来了悠扬的钟声，随之门锁也开始转动，教授准时出现了，今天头上没戴“呜呜”叫的抗扰器。教授先是左顾右盼，然后示意提米进来。

“快点儿，快点儿，孩子。”他说，“不能掉以轻心，时刻保持警惕。”说完，他一面往外再看看，好像想看到什么似的，然后关门。他转向提米说：“那些讨人嫌的小动物，我在图书室就曾经……抓到过两只，他们发出那种……呜呜的尖叫。”曾经——这个有字母“E”的单词让教授结巴起来，于是他赶紧用“呜呜”声代替了有“E”发音的鼹鼠叫声。

两人都有点尴尬，不知继续说什么好。这时提米想起了自己的魔盒，赶紧问：“我昨天带了东西，忘在图书室里了，我可以去拿回来吗？”教授说：“当然可以，但是快点，我有很多东西要给你看。”

他们朝图书室走去，提米快速往前走了几步，发现用枕套小心包裹的魔盒还藏在图书中间。他拿起来，格外小心地放在身后，用套头衫盖住，避开教授的视线。

他们走出图书室，正在走廊里的时候，教授递给提米一张纸，粗声粗气地说："学习一下这个。"纸上写着一些字，提米一看，遣词造句的方式和教授给爷爷的那封信一样。上面写着：谈话勿用"呜呜"单词。

提米一下就明白了，教授这里的"呜呜"是指有"E"发音的单词，纸面上的原意是，谈话中别说任何带"E"的单词。对于教授来说，不仅仅是发这个音有困难，还听不得相关"E"的发音，如果再说出两个或者几个"E"叠加在一起的单词，教授几乎无法忍受。可是，为什么会这样呢？提米向教授点点头，表示理解，不会轻易说出可能让教授做出古怪反应的话。

提米还暗暗打量了一下教授今天的穿着。昨天的猎装短裤换掉了，现在是一条短灯笼裤，裤子的颜色以深绿色为主色调，搭配着浅黄色小方格，提米看着并不陌生，酷似少年读物《柳林风声》里面的蟾蜍先生，他们在学校里经常聊这些话题。裤子的底边在膝盖以下，裤口系着鞋带，就像历史上爱德华时代孩子们的装束。再往下，一双米色袜子，配上一双锃亮的棕色皮鞋。上身则穿了一件布料和古怪的裤子一样的夹克衫，扣子一直箍到了下巴，好似牙医的长袍，闪亮的钮扣由于绷的太紧，正和教授的大肚子互相较着劲。

"现在走！"教授拉起提米的手，他们很快就到了放置方尖塔的房间。教授站在那里，盯着方尖塔看了一会儿，然后张开嘴，字斟句酌，小心翼翼地选择着词语，说："前天你问起我那位特殊的捐助人，我带来一些文稿，你自己找一找，这里面揭示了内情。"

这是教授第一次几乎正常的说话，尽管语速比较慢，还竭力挑选着那些不发"E"的单词。提米接过教授递给他的文稿，仔细看了看那几封信件、几份旧手稿，但是什么也看不懂。相比之下，教授的书写比这些更易懂，意思更清晰。提米望向教授，发现他的注意力正在那奇特而挺拔的方尖塔上。

“可是……”提米说，“我一点也看不懂，这是某种奇怪的语言。”

“什么，你说什么？”教授回过神来，不耐烦地说，“拿过来，给我。”尽管教授的注意力仍然集中在方尖塔上，但他还是张开手，不耐烦地摇摆着，等着提米把文稿递给他。教授一拿到手里，就弯起胳膊举到面前，透过厚厚的眼镜片仔细查看，然后是短暂停顿。

“没错孩子，是拉丁文书写的，而且是失传的古拉丁文。”他眯着眼睛翻过一页，用平和的语气说，“我也很勉强。”

“但是我读不了拉丁文。”提米含混着快速说话，生怕“读”这个单词又把教授吓跑了。他希望自己使用简短的方式，语速也比平时快一些，试图跳过单词中出现的“E”。

“哦，”教授说，“这是个问题。我以后再跟你说，我也很久没看了，只要你……”教授摇头晃脑地企望从记忆中搜索出什么，可很快就打消了念头。他转向提米。

“坐下，坐下。”教授拍了拍一个样式独特的旧板条箱，这个箱子的形状好像曾经装过方尖塔。提米坐下来，谨慎地把魔盒从大腿上挪到旁边地板上，继续躲开教授的视线。

教授坐在对面的一个相同的板条箱上，大概是那个特殊包装箱的另一半。“哦，我忘了。”教授说着，从紧绷绷的夹克里抽出一个信封，“你可以先看看这个。”

提米读着信封上机打的文字：

“最后遗嘱和约定……”

下面是粗钢笔尖手写签名——P.Arodnap MXII小姐。

他又把信封翻过来，背面的封条已经破损，拉开封条时，一张信纸滑落下来。信是写给E.沃西教授的。提米默默地念给自己听，以防其中单词里有禁用的双“E”。

“尊敬的沃西教授，我们素昧平生，但我暗察您的职业与兴趣时日已久。料想您是一位巨大秘密的可托之人，该秘密同写在纸上的叙述一样久远和古老。作为拥有学识和姓氏的家族一员，本人已是垂垂老妇，孑然一身，血统将随我而逝。此刻将此秘密交托与归还一位相宜之人，恰逢其时。这个故事曾经被讲述一次，您并未知晓此秘密，但您从儿时既已成为其中一员。现在，我将把手稿以及从古至今延续的秘密都托付给您，虽然您还不明就里。等待一人解密。等待指定的一个人。塔尔帕将会选择。”

提米读到“塔尔帕将会选择”这句话时，心中一阵颤栗。

信的末尾，有一个硕大的充满自信的签名。提米把信翻过来，背面什么也没有。现在，他急切地想知道拉丁文稿上都说了些什么，但首先还有一些其他问题要得到解答。

“现在关于文稿……”教授观察着提米的表情，揣摩着提米的心思说。

他用手指舔了点唾沫，拉扯整理了几页手写原稿的边缘。

“这其中大部分是关于谁拥有这件事的……嗯……延续和传承。”

教授翻看了将近20页手稿，一直翻到一组绘满标识、符号、三角形、正方形、箭头的纸页，反正肯定不是拉丁文了。这些手稿随着时光飞逝，纸张逐渐泛黄，纸边浮现磨损。提米心里计算着教授蘸手指把它们重新排列整齐的时间。

“现在最重要的是，我，特别研究了其中这6页。”教授把文稿递给提米，它们看上去很眼熟。“那些，”他继续说，“就是我在过去10年里一直在做的工作。如果你看……”教授慢吞吞地站起来，示意提米起身，但是手指并没有明确的指向。“看，看，方尖塔上的符号和纸上的是一致的，看。”

教授拿着一张文稿靠近方尖塔，提米则全神贯注地看向塔体，可以观察到上面有相同的图案显露，尽管非常模糊。

“我认为我遗漏了一些……一些至关重要的因素。”

提米巴不得当场解开所有谜团。

“大理石地板上的图案是照着这些纸上画的吗？”提米问。

“好，好问题，分析能力强，我喜欢，我解释。”教授用了一个多小时，讲到太阳、角度明暗变化以及相关符号的重要性。讲完后提米问道：“所以您建了镜子室想找出确切的答案吗？”

“噢，这里有点小机关。”教授娓娓道来，“镜子室从前就有，是房屋前主人建造的。从乡村城堡的外观大环境来看，整个外部其实都是围绕着镜子室而建，目的就是将穹顶隐藏起来。”教授笑着说：“藏在屋顶上，主意奇妙无比。”

“这么做有什么理由？”提米打断了教授。

“我也只能设想这是一种巧妙的、卓越的伪装。”

伪装的乡村城堡？提米微笑着，在脑海里给这栋建筑的外墙上贴上一条大胡子，戴上一副大眼镜。

“我有两个推断。其一，不想让当地人谈论这个巨大的玻璃穹顶；其二，这里是一个堡垒。”教授说。

“堡垒？”

“一道屏障……”然后教授小声地说，“鼹……的屏障。”

“可是与鼹鼠之间为什么要有一道屏障？”

“因为我有它们想要的东西，它们想要它……它！”教授缓慢地、像个守财奴一样指着方尖塔，提米一时发懵。

“您怎么知道它属于鼹鼠？谁制造的？鼹鼠不可能造出这样的东西来。”

“我完全……”教授没说出“同意”这个带两个“E”的单词，提米点头表示明白。于是教授接着说：“显然它是某人制造的，但是不明白制造目的；制造时间可能是几个世纪以前，具体不得而知。哦，我还应该给你一件东西。”

教授自言自语着找那“一件东西”去了，带着回音的脚步声，很快就消失在宽敞空旷的乡村城堡中。提米抓住机会，走近方尖塔伸手触摸，指尖传来冰凉感，金属一般的冰凉，肯定和魔盒是一种材料。他伸手去拿藏在包装箱后面的小包裹，小心地打开包裹皮，抱着魔盒凑近方尖塔做比较。

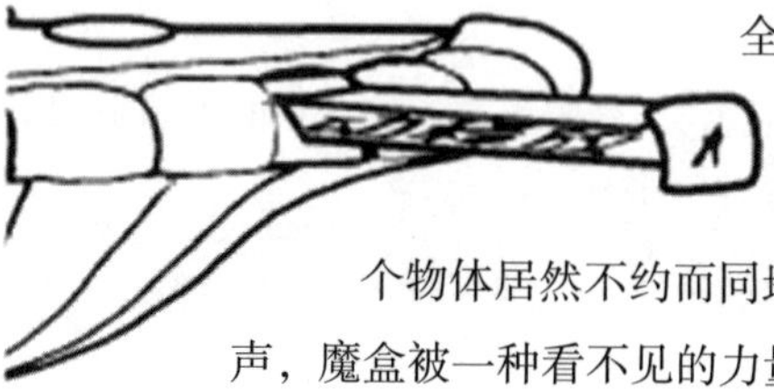

的确，两者十分相似，甚至有几个完全吻合的符号。他把盒子凑近到方尖塔边缘，开始比较两者类似的箭头符号。寂静之中，两个物体居然不约而同地发出了令提米心惊胆战的咔哒声，魔盒被一种看不见的力量——磁力，给吸住了。提米赶紧把魔盒拉开，可是随着魔盒向外移动，他惊恐地看到，在方尖塔中央宽檐平顶的一个扇形边，一只与魔盒有相同符号的金属延伸臂被磁力拉了出来，延伸臂露出了约3英寸以后，随着磁力开始失效而停止了往外运动。

提米心里咯噔一下，暗想：“哎呀，我可别把这个大家伙弄坏了。”

他想把魔盒放下，赶紧看看延伸臂是怎么回事，可这时他真切地感到魔盒里有什么东西在动，是那种小小的颤动；还有一点点抓挠的声音，然后是微弱的铃铛声，重复了三次。提米赶忙把魔盒贴近耳朵，使劲听，里面的动静消失了。他失望地把盒子放回到地板上，走过去观察那只延伸臂。臂身为纯金色，华丽精美，而且看上去崭新。提米再近一点细细端详方尖塔其他边沿处，发现宽檐平顶另外三个边沿上都各有一个相似的符号，三者之间彼此等距。提米猜测，如果把魔盒逐一靠近，说不定这三个地方也会伸出臂来。

转了一圈，提米回到延伸臂细细观察，它是三角形截面，最外端有一块与方尖塔相同的黑色金属，臂身全部缩进去以后与边沿可以完美无缝契合。如果它没有被磁力拉出来，所有人都会认为它就应该在里面。提米还注意到三角形臂身的每一面都有文字，其中两面分别是阿拉伯文和中文，提米完全摸不着头脑。第三面偏上部分则写有英文，提米探身用手指跟着每一个字细读：“拉到Rele，搞不懂，这个Rele什么意思？”

噢，提米恍然大悟，延伸臂末端一定还藏着更多的字母。他伸手尝试着去拉延伸臂，发现稍一用力就可以让它缓缓地往外移动，好像他正在跟反作用力对抗，就像反方向去缠绕弹簧一样。又出来一小截之后，延伸臂咔哒一声停住了，“释放”这个单词完全显露，但提心吊胆的事也随之而至，方尖塔的深处有呼啸的声音响了起来。

提米还没来得及把延伸臂推回去，另外三个已经静悄悄地从各自边沿探出头来，伸展的行程很慢，随着几声令提米忧心忡忡的咔哒声，都停了下来。片刻沉寂，接着是嘶嘶声，越来越大，逐渐发出如人一般的刺耳尖叫。

“Pweeeeeeeeeeeeeezzzzzzzzzzeeeee。”

伴随着接连不断的噪音，响声愈加震耳欲聋，提米下意识地捂住耳朵。灰尘从塔身上无数个错综复杂的装饰中翻滚而出，仿佛方尖塔要清清喉咙，吊吊嗓子，准备下一股冲击波。可是，尖叫与呼啸声陡然间停息，消失与出现一样令人措手不及。

提米被这个声音吓坏了，因为不仅仅害怕把自己震聋，还有教授一定能听到，知道他碰了方尖塔可能就有大麻烦了。

提米马上试着去推延伸臂，往回一推，幸运的是每个延伸臂都开始缓缓倒退，就像一个机械装置在压力下可以反向转动一样，不疾不徐，不快不慢。提米恢复了听力，听见最后一只延伸臂咔哒一声完全收藏到华丽的边沿之后。

紧接着，塔身传来一声叮当声，好像是什么东西从桌子上掉落似的，随即又是一声，同样的叮当。最后一个声音稍大，暗示着它比较重。

方尖塔确实向外吐出了什么东西。提米弯腰凝神四下张望，发现塔身的三个小容器托盘里，各有一块小金属物件，就像有人把钱币放进小托盘一样，只不过这不是钱币，而是几块稀奇古怪的小东西。他挨个捡起观察，正当他研究那块最大的有点形似蚌蛤的椭圆金属时，塔身里面传出一声沉闷的锣响，随之听到上方“咔嗒”一声，提米眼睛余光注意到圆顶的两扇装饰门开了一条缝。为了安全起见，提米先把几块小金属放进口袋，然后异常小心地把门打开。里面只是黯淡的黄铜而已，黄铜圆顶上也没什么异常，表面上只有一些莫名其妙的形状，与精美的外面小门上的装饰性浮雕相互吻合匹配，这些地方由于接触空气，颜色更深，还长出了铜绿。

圆顶的门完全打开了，提米看到了一个钥匙孔，它藏在了金属门边缘之后的位置。他在近处细致地观察，发现钥匙孔被堵上了，外面留有钥匙孔的形状，但是由于与圆顶表面齐平，因此关上门以后就只有一条细线可以暴露出它的存在。

这是一条极佳的解谜新线索，应该告诉教授，但是，且慢，教授明确告知不许触碰方尖塔。如果……那么……教授将做出什么反应？提米按捺住揭示秘密的冲动，决定暂时不动声色为上。他关上了圆顶的门。

过了一会儿，他听到乡村城堡里的门猛地撞了一声，能觉出教授正往回走，他重新坐在板条箱上，放好魔盒，确保不被发现。

教授气喘吁吁地回到房间，说：“该把这个给你了。”边说边递给提米一个看上去像小金属托盘的薄盒子。

提米看着大谜团里的这个新物件，用手指摸了摸表面，然后稍稍倾斜，以借助头顶上嗞嗞作响的大灯泡照见更多的细节。

提米从表面的图案中，辨别出田野、河流和起伏的地貌。越看越能看到浮雕细节之外的东西，他注意到有两条深深的线条切入了上述场景，仿佛这个薄盒子是由几部分构成的。他把它翻过来看，盒子下端有一个盾形图案，里面写有英文，提米读到：

“此盒守护者终将得，青史留名之收获；

三次陈述传说，务必通过，否则输赢均无果；

只待一人成功出现，除恶行，纠过错；

塔尔帕睡盒之上，其大名永铭刻。”

薄盒子的大小尺寸，引诱着提米想伸手去拿自己的魔盒，欲将两者比较一番，难道这就是教授为了诱导爷爷来乡村城堡而特意留下的那一块吗？

这时，教授开始说上了：“这是非同一般之物、困惑不解的该死之物，我想你把盒子的其余部分带来了吧？”

提米哑口无言，无话应答，教授怎么知道他把爷爷的盒子带来了？老先生似乎心领神会，嘴角上翘，这是提米第一次看到这位性情古怪的学者露出微笑，他感到了两位探险者在一起寻找宝藏时产生的心有灵犀，可是心里一直有一个声音在反复提醒自己。

“你已经知道了，提米，很久以前我就把那个盒子寄给了你爷爷，但我保存了这一件。当时我竭力要打开它们，但是只有这一件与整体分离了。我以为霍勒斯会自己带着盒子来找我，结果我只收到一封信。证明霍勒斯被选中了。”

提米眉头紧锁，聚精会神地听着。

“我解释得应该不是很清楚，看这个盒子。”教授指着那个盾牌图案说，“看，第二个押韵句就是我败北的原因。”

“这个盒子允许……”教授读出“阅读的人”有点困难，“三次陈述传说，务必通过。也就是说只能看三遍，然后去找下一个。”

“下一个是谁呀？”提米一着急，语气都粗鲁了。

好在教授自顾自地说着，没听见。

“我还在研究中，原来脑海中产生的一些灵感不翼而飞，那该死的东西又冻结、无解了，研究迷失了方向。我一直在等一个人的到来，这个人将从那句让人心烦意乱的‘塔尔帕将会选择’里来，帮助我解决问题。我也尝试了打开盒子剩下的这一部分，可是鼹……开始叫唤不停，他们无处不在，总是搅扰、侦察，讨厌的小东西，可怕的叫叫嚷嚷。”

正说着，教授明显打了一个寒颤，嘴里也发出轻微的“呜呜”声。天呢，他不得不走了吗？

“您知道有人专为盒子而来吗？”提米急忙发问。“知道”这个单词的发音让教授开始结巴。

“不，不，不是为了盒子，而是为了那个。”他伸手指向方尖塔。

“方尖塔对他们更重要，其他一切都只是精心设计的测试、考核环节，以了解方尖塔是什么、能做什么而已。任何被塔尔帕选中的人都来过这个地方，遗嘱上也是这么说的。

“那么您就是被塔尔帕选中的人了？”提米紧盯着问。

沃西教授磕巴起来，看上去有点窘迫，好像还想撒个谎似的。

“我不是，但你爷爷是。霍勒斯一直都很特殊，总有梦想。”教授话语中带着几分因嫉妒而生的恶意，“梦想”从磕磕巴巴中艰难地挤出来。

“是我取的盒子，是我自己从老橡树上砍下来的，这些年我一直保存着，等着遗嘱里面说的那个人来到此地。提米，你还不明白吗？我要搞清全部真相。你要帮我，请……”

这时教授的眼睛开始睁大，吓坏了提米。他开始发出“呜呜”的声音，然后跪倒在地，身体因不适变得扭曲，刚才说出“请”这个发音对教授来说真是勉为其难。

提米迅速把手里的东西放在地板上，然后冲出房间去找那台抗扰器。他不敢在乡村城堡里走得太远，以防教授有事需要他，他匆匆忙忙地寻了一圈也没找到，赶紧往回走。可是，教授却不见了。

第十章

“棒棒糖”钥匙

提米没等到教授再出现，此时从乡村城堡外面寂静开阔的远方传来了几声空荡荡的钟声，提醒他该回家了。外面已近黄昏，风也刮了起来，吹得树叶发出沙沙的声音，像是在悲哀地低声抽泣，常青藤也探头探脑地轻轻拍打门窗，待在阴森陈旧的乡村城堡里可真不是一种令身心愉悦的体验。

提米拿起自己的魔盒，又拿起教授让他去研究的另一个薄盒子，开始拎着东西往家走。拎着两件东西总是绊手绊脚的，于是他停下一会儿，试着将薄盒子放在魔盒下方，结果两件东西很容易就摞在了一起，魔盒之前产生过的磁力使它们完美地成为一个整体，路上携带就方便了许多。这时，魔盒里面又响起了细小的铃铛声，接着是一阵轻微的呼呼震动，魔盒好像奇迹般的复活了。

天已经很晚，比丽丝姨妈一定开始惦记他了。提米沿着小路走，穿过大门，感觉有人在监视他。风也拉扯着他的衣服，一直提着沉重魔盒的手指都已经有点麻木了，离家越近，魔盒越重。

韦利在门口等着，如从前一样，显出一副“我又吃了你的晚餐”的表情，似乎为了强调这一点，再舔舔嘴唇，懒洋洋地闭上眼睛，告诉提米，晚餐好极了，同时将头扭向舔干净的盘子。

提米进了家门，刚走到楼梯的一半，就听到姨妈叫道：“亲爱的提米，请稍等一会儿。”提米急迫地想把那个沉重的魔盒拿回卧室，于是回话说：“我先去洗手，姨妈，马上下来。”没人应答，于是他加紧走上狭窄的楼梯。

这个窄楼梯让提米印象深刻。记得小时候有一次在姨妈家，就在这里，当时他正沉迷在想象中，脑海里天马行空般玩着恶作剧，他眼见一只大鸟晃晃悠悠地从楼梯下边爬上来要吃他，后来发现是姨妈戴着一个墨西哥大宽边草帽正在爬楼梯。草帽边沿碰撞着墙两边发出“嚓嚓”的声音，提米这时候又开始模拟一个小孩正在吃一只张开羽毛翅膀的大鸟。

提米把魔盒在床下放好，又迅速洗了手，然后下楼。他走进客厅，目光与一个熟悉的女人相遇，比丽丝姨妈正和那个梳着发髻的邮局妇人在喝茶聊天呢。

“提米来了。”比丽丝姨妈招呼他说。

“这些天你回家吃饭的时间有点晚，可韦利的饭量也有限，是不是，韦利，我的小甜心？”韦利俯着身，它吃了提米的晚餐，肚子又圆又鼓，现在要和女人们一起对提米展开训责。它耷拉着舌头，伴着讨厌的喘气，煞有介事地摇摇脑袋，然后慢慢地从坡道走到主人的腿上坐下，比丽丝姨妈用有力的手向后使劲胡噜着它的头，狗眼睛向后被拉成大大的椭圆形，再回来，反复好几次，提米想不看都不行。

“露丝普小姐刚刚告诉我说，你去过乡村城堡好几次了。我想你应该解释一下原因，对不对？”姨妈说出的“你”提高了一个八度。

提米感到背后被捅了一刀，是露丝普小姐背地里告密。此刻，她的脸上浮现着淡淡的微笑，带着响声呷了一口茶，眼睛一眨不眨地盯着他。发髻妇人露丝普、比丽丝姨妈和韦利，齐刷刷地一起注视着提米，等待他的解释。那只狗倒立起来，耳朵像鱼鳍一样垂着。提米咽了一口唾沫，听着壁炉上的时钟慢慢地嘀嗒作响。

突然，大门的门铃响了。平时，这几根挂在室内墙上的铜管会发出柔和的“叮”和“咚”，然后通过空气传导给屋里各种各样的“精美瓷器”引发共鸣，回音环绕荡漾。今天的门铃一响，后面就无法解释了。发出“咚”的一根发音铜管，从挂件上脱落掉了下来，继而弹到餐具柜上，再打在露丝普小姐的茶碟上，茶杯往上一跳，一杯茶水直接泼在发髻妇人褪了色的蓝色花裙子上。变故发生得太快，露丝普的食指还勾着杯子把儿呢，眼光凝视提米的方向都没变，只有眼神变成了惊恐。

比丽丝姨妈和韦利的目光都转向露丝普，见她嘴里无奈地叹息着：“噢，我的天哪！我的天哪！”说着从连衣裙袖口里掏出一张不大的纸巾，轻轻地擦试膝盖上冒着热气的茶水。

响声持续着，由于失去了“咚”，就剩下了不停的“叮……叮……叮……叮”。缺少了必要的平衡，驱动箱倾斜着歪在墙上的支架上，导致“叮”发音铜管下坠，自由散漫地摇晃着，并渐渐接近了姨妈摆放的天使喷泉小雕像。啪的一声响，来不及了！发音管断裂，房间里瞬间涌现出无数的小天使，或者更确切地说，是小天使碎片。

姨妈对这些意外视而不见，大大咧咧地喊了一句：“门口有人。”韦利飞快地从姨妈的膝盖上跳下来，扭着身体，拖着大肚子向门口走去，如同一条毛茸茸的气垫船。

露丝普也站起来，身上还往下滴答着茶水，跟在韦利后面说：“我真得走了，比丽丝。”裙子中间呈现出一大块深棕色污渍。

站在门口的小伙子，全程目睹了一场按个门铃所引起的“骚乱”，简直是一场大戏。韦利相当失望，它似乎一直在等着看提米受责备，一句“门口有人”让所有人都无心恋战。

年轻人开口说道："电报。"

电报员递给提米一个黄色信封，转身朝他的红白相间的轻便摩托车走去。提米关门时，看见露丝普挥手让电报员停下来，杯子把儿还在她的手指间晃悠着。两人说了一会儿话，露丝普不时地对着屋里指指点点。提米甚至比以前更不喜欢这位梳发髻的女人了。

"是什么，亲爱的？"姨妈问。

"一封电报。"提米边说边递给姨妈。

他看着姨妈在抽屉里翻来翻去，然后拿出一副只有一条腿的眼镜，架在鼻子上，从信封里拿出电报，大声念出里面的内容。

"霍勒斯写给比丽丝。停止。明天到访。停止。告诉提米等我来。停止。别去见伊桑。停止。"

"啊，好消息，"她对着两位听众说，"霍勒斯要来了。"

显然，姨妈并不关心电报里警示了什么，她把电报放在桌上走进厨房。提米听见一个罐头打开的响动，紧接着厨房瓷砖上有爪子抓挠的声音，韦利一定跳了上去要看个究竟。

提米又读了一遍电报，浮想联翩。爷爷要离开家，然后长途旅行到姨妈这里，此事极其不寻常。爷爷最后一次来这里恐怕是久远的事情了，而且怎么来也成问题。提米分析，父母不久前刚刚送过他一趟，这么短时间里再跑一趟的可能性不大。火车？爷爷一定是坐火车来，恩布尔顿村子里有一趟火车，每天停靠一次，但你得伸手示意。今天是星期三，离明天的到来还有一段漫长的行程。电报的最后一句确实费解，"别去见伊桑"，还有好几个"停止"都是什么意思？难道是鼹鼠通知了爷爷这几天我和教授见面之事？既然要一起破解谜团，为什么又警告说不要去见教授？教授甚至把自己留下的最后一块薄盒子都托付给了我。

提米突然想起藏在床底下的那个薄盒子。

提米回到楼上卧室，轻轻一拉教授给的那个薄盒子，就从魔盒整体中分离出来。一件非常漂亮的东西，做工考究，视觉比例恰当，拿在手上略感金属寒意，明显低于室温。提米充满好奇，翻来覆去地看，同时也对爷爷给的魔盒充满疑问，目前为止没分开过，里面会有东西吗？

提米左瞧右看鼓捣了一番，准备把魔盒和教授的薄盒子都放回床下，忽然想起口袋里的几个小金属物件，由于电报事件，已经把它们忘得一干二净。他跪在床边的地板上，小心翼翼地从短裤兜里掏出来，依次放在床单上。

细细端详这三样东西，其中两个类似小三角形棒，一个两端都有螺丝纹，另一个一端带螺丝纹。对提米来说，把两个一拧，变成一根长三角棒不是什么难事。

剩下一件大得多，有点像蚌蛤形状的椭圆球，边缘扁平。再仔细观察，发现上面有合页，表明它可以打开并分成两半。合页中心有个小项圈，里面带螺纹。提米试着用指甲撬它，但它紧似蚌壳。他放在手上，摸起来很舒服。提米用手指滚动着，边转边思考。哎，有了。他决定把三角棒拧进小项圈，看看会有什么反应。一下就拧上了，可什么动静都没有，倒是很像一颗“棒棒糖”。

当他摆弄这颗“棒棒糖”时，觉得它就像一把钥匙插进了锁里，只是钥匙的末端无法转动，锁这边也没有按钮，没有把手。他把“棒棒糖”

放到一边，注意力重新回到教授的薄盒子上。

薄盒子通过一圈外缘的上边沿，与魔盒主体相扣而锁在一起。顶面图案是一个复杂的浮雕，如果俯视，如同森林里稀疏的树梢。表面也有两条分割细线，看起来薄盒子好像有抽屉，如果这些抽屉确实能打开，却又找不到相配的合页和锁。

提米缓慢转动薄盒子，细致入微地观察，可以肯定，它属于魔盒主体，因为它们都存在相同的雕刻细节。他继续目不转睛地搜索着，其中一个表面上绘有星罗棋布的符号，转动中一个异常明亮的小三角形闪了一下，提米的大脑及时获取了这个信息，灵光一现，这个三角形的大小与形态和“棒棒糖”末端上的三角棒截面高度相似。于是，他拿着“棒棒糖”椭圆形这个顶端，用三角棒的最末端去匹配、接触新发现的三角符号，并向里推了推。

令提米意想不到的是，这个三角符号就是锁孔，小三角棒轻松地推了进去。

第十一章
等待睡鼹鼠

提米谨小慎微地推着三角棒向三角符号的纵深前进。伴随着微弱的咔哒一响，三角棒停了下来，与此同时，正在提米手中的椭圆形金属小圆盒一下子自己打开了，提米像触电一样本能地松手，眼见着两片蚌壳一样的小圆盒在手掌里伸展开来。紧接着又出现了难以置信的一幕，小圆盒被来自盒体内部的某种力量缓慢地推动，眨眼间自己又合上了，关闭的同时还蹦了一下，直接自由落体掉到床单上。一系列变故让提米吓了一跳，他赶紧把薄盒子放下，拿起小圆盒，疑惑地看着它，感觉它似乎发生了变形，变得比以前大了一些。

蛤蚌形状的小圆盒在锁扣处已经完全分离，可以轻易地完全打开，里面显露出一个带标记的椭圆盘，固定在两轴之间。提米拿着它凑近床头灯，上下左右轻微移动，借助光线做近距离仔细观察。发现里面是一个微型机械装置，一根纤细的金线缠绕在一支轴上，金线尾部悬挂一个白色珐琅标签，上写一个“拉”字。装置太小，提米小心翼翼地用食指和拇指抓住标签，轻轻一拉，小盘就慢慢地旋转起来，直到金线完全绷紧而停止。他一松手，小盘开始朝反方向旋转，绕在另一支轴上的小弹簧又重新把金线绕了回去。

真奇妙！他又拉了一下标签，这次让小盘旋转得快一些。他停下来看看小盘两面是否出现什么新添标记，没有任何变化，不过是些曲线和线条。提米一次又一次地拉动标签，小椭圆形盘也跟着转来转去，直到旋转得足够快时，一个个单词开始浮现。真真切切，旋转的盘面在空中漂浮出文字：

等待熟睡中的它们。

紧贴足印。

锁孔守护者。

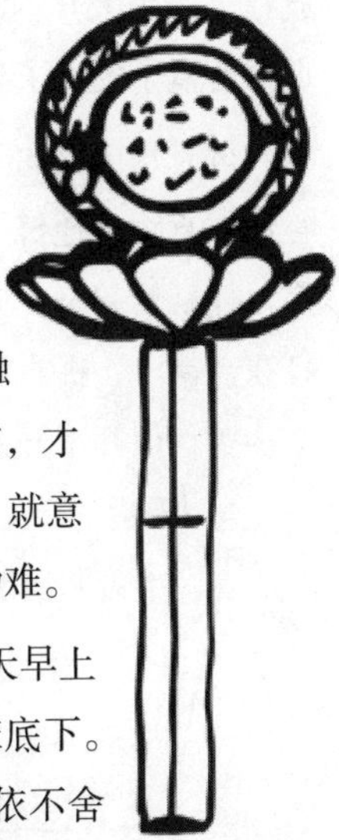

这可真是一个天大的发现，教授对方尖塔的研究是否进展到了这一步？提米转念一想，那怎么可能，蛤蚌形的钥匙是今天才从方尖塔里掉出来的，所以他现在掌握的秘密比教授要多。那么，这个新发现要不要与教授分享呢？别忘了教授可是禁止他触摸方尖塔的，但他并未遵从教授的要求而去触碰了它，才得到了手里的三个小物件。现在要与教授分享秘密，就意味着必须先承认近距离摸到了塔体，提米感到左右为难。

这一天也够累的了，提米有点疲惫，他决定明天早上再开始一探究竟，于是他把魔盒、薄盒子都放在床底下。手里只拿着“棒棒糖”再里里外外地看看，然后依依不舍地把它放在床下，尽量往里靠，它太精致，可别早晨起床时一脚踩上它。提米刷牙洗脸穿睡衣，跳到床上躺好，伸手去拉灯绳关灯。灯绳把手发出微弱的绿色萤光，优雅地在头顶上来回摆动，像一只注视着他的小眼睛，孤光一点萤的场景让提米感觉有点可笑。过了一会儿，萤光摆动变成了催眠器，提米眼皮开始打架，身体一蜷就进了梦乡。

夜深人静时分，突然响起一声清脆的“咔嚓”，紧随着就是一串小铃铛声，提米一下就惊醒了。他正在半梦半醒之间挣扎着，耳边又听到一声动静不小的“咔嚓”，小铃铛的响动也伴随而至。提米清醒了许多，他从床上坐起来，胡乱地去摸头上的灯绳，第一个反应是难道屋子里有人？

房间充满光亮，此时第三波“咔嚓”声、小铃铛声从床下传出来。他掀起床围，探头看看床底下收藏的宝物，为了保护地毯，他把宝物都放在了一个大开本漫画书上。他伸手把漫画书拉近，很快就注意到教授那件薄盒子发生了某种变化。

灯光从床沿向下照射过去，薄盒子上投下明暗参半的影像。提米的心怦怦直跳，他努力从睡眼朦胧中赶走困意，尽快弄明白眼前发生了什么。他猛然起身，开始去找手电筒，要提高亮度看个究竟。待一束亮光打在盒体上，提米一清二楚地看出了异常之处。薄盒子上好像打开了三个小盖，似开不开的状态，已经足以提示他去掀起它们。提米先轻轻地把薄盒子放在床上，用一根手指万分小心地上抬其中一个小盖，小盖顺畅地张开至90度直角停了下来。

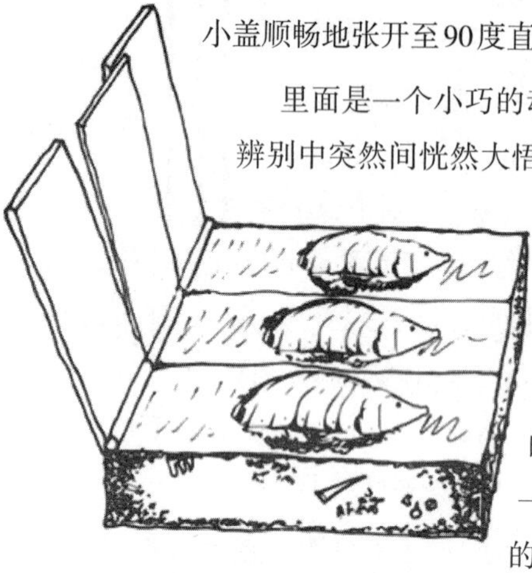

里面是一个小巧的动物模型，但外表奇形怪状，提米在辨别中突然间恍然大悟，意识到这是一个金属的迷你鼹鼠，它仿佛蜷缩在一个做工精细的的金属凹槽里熟睡，宛如巧克力盒里的一颗糖果。

提米移动着手电筒，一个个耀眼的金色斑点在小模型的身上闪闪烁烁，一双美丽的宝石蓝眼睛反射出熠熠夺目的光芒。这是拥有神奇魔力的小家伙!

他接着打开其余小盒盖，每个小盒里都是一模一样的小鼹鼠。天哪，三个盒子里居然都是睡觉的小鼹鼠。提米顺着“塔尔帕将会选择”这个思路，在脑海中打趣地念叨了一句“塔尔帕将会打盹”。看来是“棒棒糖”的三角棒激活了蛤蚌形小圆盒的同时，也激活了薄盒子里某个机械进程，引导着盒盖在几个小时后自动开启。

金鼹鼠们看起来睡得很安逸，提米想动动它们，轻轻扒拉一下、推搡一下，但它们根本不挪窝。这时，他才注意到每只鼹鼠旁边都有一个三角形小孔，他用“棒棒糖”三角端插进小孔，插一下，鼹鼠便跟着蠕动一下。显然，它们从睡床上的锁定状态开始进入解锁状态。完全释放后，提米捏住第一只鼹鼠的小爪子，把它拿了起来。小鼹鼠放在手里沉甸甸的，冰凉的感觉很舒服。它的身体由若干小金属构件制成，组合起来像一条灵活柔韧的金属链。提米摆弄着小模型，手指抚摸着它的全身上下，身上的光滑度堪比瓶子里倒出来的金色糖浆。

很快，从盒子里出来的三只金鼹鼠都用爪子立正站好，如同那些令

人称奇的微型金属玩具。它们随时待命，只等着钥匙的插入和拧动，马上就会生龙活虎。可是，小模型的身上没有钥匙孔，也没有任何可推、可扭之类的小开关。

提米想了想，又拿起了蛤蚌形圆盒，让里面的小盘重新旋转起来。轻盈的嗡嗡声在室内回旋，飘荡在寂静的夜空中，如丝如缕的气流吹拂

在脸上，那些解密的字母又活灵活现地显示出来，愈加清晰。

等待熟睡中的它们。

紧贴足印。

锁孔守护者。

提米突然意识到“熟睡”一定是指盒子里的小鼹鼠模型。从方尖塔而来的小零件组装起奇怪的“棒棒糖”，又通过它激活了薄盒子，然后把三只金鼹鼠从睡梦中唤醒。一系列的操作要达到什么目的呢？

足印？守护者？

这都是怎么回事，为什么每件事都那么错综复杂？教授说过，这些都是精心设计的测试、考核环节，但是为什么偏偏选中了提米？

几只飞蛾围着手电筒的光柱不知疲倦地盘旋，飞来飞去的单调晃动如催眠一般，困意向解题无望的提米袭来，他的眼皮开始打架。他先异常小心的把几只小鼹鼠归位，随着小小的铃铛响动，“咔嚓”一声鼹鼠重新进入熟睡。他也爬上床，希望再梳理一下谜团的脉络，可是头一沾枕头就筋疲力尽地睡着了。

后来，他梦见三只机械鼹鼠从盒子里跑了出来，怎么找也找不到。他心里一急，惊醒过来，发现已是阳光普照的清晨，赶紧往床底下探头，忐忑地看看鼹鼠是否还在。一切安然无恙，它们静静地躺在金属薄盒子里。

提米看了一眼窗外，推开方格窗扇，深深吸了一大口带着露水气息的新鲜空气。

窗外就是姨妈家的乡舍花园，花园的水泥墙头上嵌满了玻璃碎片，晨光映照下晶莹剔透、光芒四射。花园里面的布置和摆设凌乱不堪，东倒西歪，韦利正在砖砌的小路上、花坛间漫无目的地闲逛。提米扑哧一笑，这个情景不陌生。小时候有一次来姨妈家，提米和爸爸也在这个花园里清晨散步，还在远处一片灌木丛里摘了一些鹅莓。

一个沉重的物品掉在厨房的瓷砖上，发出的撞击声打破了室内外的宁静。提米挑了件绿色条纹T恤衫穿好，衣服散发出妈妈洗衣服爱放的织物柔顺剂的气味，一股令人安心的气味，即便早饭之前还没冲澡，这股气味也让他感到清新。至于什么时候洗澡，假期里哪有一定之规。

提米很想带着小金鼹鼠下楼，让姨妈欣赏欣赏，但有幸躲过邮局妇人露丝普的当面盘问之后，他多了个心眼，决定暂时对姨妈保密。

到了楼下，看见姨妈正忙着在韦利的一身毛发里抓挠着什么，大概是在找跳蚤。姨妈举起眼镜腿透过镜片看上一眼，盯上一只讨厌的小东西，又放下眼镜，再拿再放。韦利倒是很顺从，四肢伸展，好像在享受按摩。

早餐是炒鸡蛋配几缕狗毛。匆匆吃完，提米开始无精打采地在客厅里闲逛，走也不是，坐也不是，最后终于决定在大羽绒沙发上舒服地躺一会儿。沙发里面的确充满了羽毛，因为当你一坐下，就会有几根细毛从里面钻出来飞上天，然后绕着房间周旋一番，再慢慢地飘落。多数都是非常纤细的白色羽毛，偶尔也掺杂几根棕色的。提米一屁股坐下，再弹起来，跳上跳下地看着更多的羽毛飞起来。一般情况下，韦利会喜欢参与抓羽毛的游戏，直到粘得满嘴都是毛，提米能从韦利的扮相上联想到林肯总统。

玩了一会，提米觉得无聊透顶。他从口袋里掏出电报，反反复复地读了几遍，想看看是否曲解了其中的含义，这样就可以在不违背爷爷警告的前提下去乡村城堡见见教授，但是没有回旋余地，电报里写得斩钉截铁，“别去见伊桑”，后面还跟一个“停止”。

他回到自己的卧室。从床底下拉出宝贝们开始摆弄，打开神秘的小圆盘，拉动标签，不知所云地重复着晦涩的信息。这时，楼下传来敲门声，因为叮咚门铃现在成了哑巴。

就像引爆了一枚炸弹，韦利一路汪汪叫着，冲着房门扑了过去。“嗨，你个小傻瓜。”比丽丝姨妈一边嘴里压低声音数落着，一边走去开门。接着，姨妈和什么人说话，提米竖起耳朵专注地听，但很难听清谈话的内容。

突然，楼梯上响起一阵嘈杂的细碎脚步声，韦利也一定跟着上来了。提米迅速把宝物藏好，推回床底下。卧室的门开了，比丽丝姨妈宣布说：“门口来了一位客人，提米。”姨妈笑容灿烂，涂在下嘴唇上一小块厚厚的口红突然从皮肤上脱离，就像老旧宅门上挂着一块油漆。韦利站在门口好奇地点着头，似乎在暗示提米应该下楼。

姨妈停顿了一下，补充说：“他自称是沃西教授，是霍勒斯的朋友，你认识吗？”接着又停了一下，声音明显提高。“他从乡村城堡来。”说完姨妈就转身下楼去了，韦利还盯着提米多看了几眼，也转过身向门外走去，它抬了抬屁股，伸了伸后腿，又古怪又粗鲁。

“哎呀，真想不到。”提米脑海翻腾，居然教授就在楼下，教授怎么知道到这里找他，一定是露丝普传递的信息。

提米穿上帆布鞋，走向楼梯，耳边正听见姨妈对教授说话：“请用茶……”“茶”的尾音“E”拉得有点长。

教授坐在客厅的“杜瑞斯塔”大扶手椅里，这种座椅体量庞大，即便现在只有一只扶手还算完好，任何坐在里面的人都会显得矮小，配上教授今日的穿着，更加强化了这种对比和反差。教授一坐下，长尺码的短裤便窜了上去，露出两只瘦削的膝盖，下面是两只不配对的袜子，袜口松松垮垮地垂在脚踝周围，露出两支光溜溜、浅紫色的大腿。

“您来点儿奶酪……？”姨妈毫无先兆地大声发问，好像判定教授这个年龄的人一定有点耳背，教授吓了一跳。

“奶酪……”姨妈又拉着长音发出了“E”，强调着自己的好客。

姨妈继续热情款待着客人，不停地说：“我说，教授您愿意要奶酪吗？是否在薄脆饼干上加些奶酪……”

提米先前没有注意到，除了上茶，姨妈还端上了一个颜色鲜艳的小托盘，上面放着奶酪饼干。这么多“E“发音的单词扑面而来，教授始料未及，表情开始僵硬。此时，他手里拿着的一块饼干，突然断成两半掉在地上，小小的动静打破了室内的缄默。正目不转睛盯着饼干的韦利，迅速出击，一个芭蕾般的跳起接旋转，居然咬住了半空中的饼干，落地则笨拙而沉重，同时发出了吱吱声，就像一只脚踩上了一个橡胶玩具。比起吃，这点小痛不算什么，韦利消失在长椅下，开始狼吞虎咽。

教授双眼直勾勾地平视前方，神情呆滞地从嘴里发出微弱的“呜呜”声自救，紧接着，他直挺挺地起身，双手捂耳，稍微欠欠身，好像在向比丽丝姨妈鞠躬道歉，然后慢慢向外走去。比丽丝姨妈镇定自若地看着，这点事对她而言不足为奇。

“教授请……走好。”姨妈边说边转向提米，“难道他不喜欢奶酪……？”姨妈越大声地强调教授听不得的长尾音“E”，整个过程更显荒诞。

接踵而至的冲击让教授加快了逃跑的脚步。提米打算起身去追赶，韦利又抢先了一步，像突击队员一样腹部着地匍匐着从长椅下爬了出来，大声汪汪着为陌生访客送行。

教授动作急切，他已经穿过姨妈家的院门了，双手捂耳的同时，不忘伸出一只胳膊肘，砰的一声回身关上门。提米紧跟在后，可韦利挡住了去路，提米伸手推开门的同时，脚下只好使用了一个击打动作，就像操纵弹球机上的手柄，把银球稳准狠地撞击出去，当然，这是一个毛茸茸的大肉球。

还是迟了一步，眼看着一辆小排量的蓝色老款奥斯汀小轿车从路边开上了主路。教授身材矮小，奥斯汀像是在自动驾驶，只能看到他的双手握在方向盘上。

“教授。”提米喊了一声。汽车右转，消失在不远处的联排屋之后。

“提米，亲爱的，”一进客厅，姨妈就说，“教授落了点东西。”

提米看见姨妈站在客厅中间，手里拿着一只法国葡萄酒颜色的紫红色长筒。“鲨鱼皮！”姨妈突然冒出了一句，“这个长筒，提米，是鲨鱼皮制作的，很粗糙，我断定它相当昂贵。他为什么把它带到这里来，一定是给你的。”

姨妈小心地把它递给提米，走出去找韦利，边走边呼唤着自己的宠物。

“过来吧亲爱的韦利，哎，你这个小蠢狗，现在他走了，怪僻的教授……”

提米拿在手里一掂，分量出人意料的轻盈。提米端详着长筒，它由等长的两部分组成，粘在上面的标签贴卷起了一半，提米把它推回去，见标签贴表面由于年代久远出现了纵横交错的裂痕，整体色泽暗淡，水渍斑驳，上面的文字却依然华丽精美，字母都使用了衬线体，最后一行的地址清晰可辨——埃及。

提米松了手，让标签贴重新自由卷曲，他决定回卧室里细看里面的内容，因为独立空间里更加私密。此外，他觉察到长椅下面发出一股一股难闻的气味。

在床上，提米轻轻一拧长筒就分开了，如丝绸一般的光滑，同时散发出陈纸的特殊味道和一些微小的纸屑，窗外的阳光一照，小纸屑便在光影中舞动起来。

里面是一张微光闪烁的白纸，缠绕着贴在长筒的内壁上。他轻轻地抻出来，白纸一下子弹开，从里面带出了几张不大的半圆纸片，纸片很轻，被弹起以后先在空中飘浮，就像楼下旧沙发里钻出的羽毛一样，然后慢慢地落在地毯上。

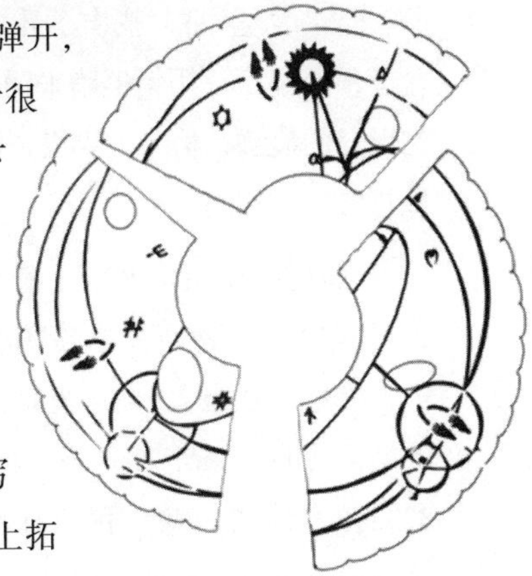

当纸片在地毯上静止下来，提米辨认出上面有不少黑色粗线条描出的符号。他捡起一张仔细一看，看出这是一张拓写纸，上面的线条用软铅笔在熟悉的图案上拓

印而来。提米把凌乱散落在地毯上的纸片挨个捡起来，放在靠窗的桌子上。纸片很轻，仿佛一口气都能把它们吹跑。

提米很快就意识到纸片之间互相有关联，他把线条或形状能对上的两张纸片放在一起，很快就拼出一个大纸圈。他又剪下小块透明胶带，在线条接口处将纸片逐个粘贴。图案变得清晰起来，它们是从方尖塔上拓下来的，更确切的位置就是圆顶下面的宽檐平顶。显然，教授用这种纸上拓印方式，希望提米从复杂的图案中梳理出线索。

看来教授到访的目的是要与提米讨论这些拓片。提米有了思路，他拿出黑色魔盒，把它放在纸圈中间，比较两者是否有相似的图案或标记。一会儿又拉开抽屉，乱七八糟地翻捡一番，找出了几张旧描图纸和一支铅笔。于是，他开始在盒子顶部铺纸，用铅笔蹭来蹭去。很快，软铅笔芯下的纸张开始显出形态怪异的痕迹，恰与方尖塔拓印而来的一些符号完全相同。

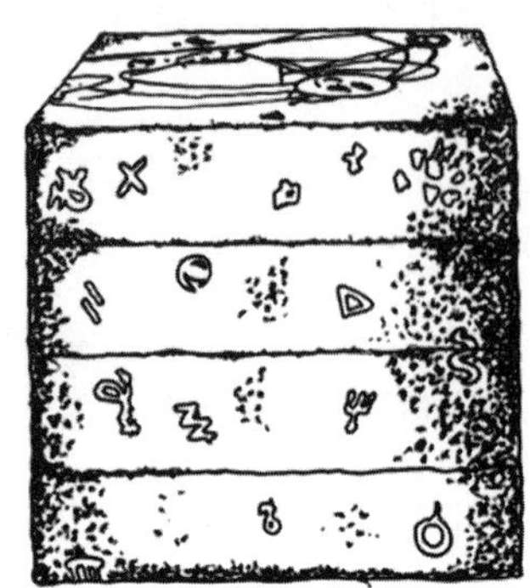

这时楼下的电话响了。提米一听到这种老式电话的铃声，总会联想起黑白电影《警察与强盗》，电影里就是这种奇怪的电话铃响。“喂，是苏格兰场（警察厅）3232吗？请快一些，我们有紧急情况。”他记得电影里有这样的对白，操着一口那个时代特别时髦的腔调。

姨妈家这部电话相当老旧，还真是一部电影中的道具，可能是姨妈从旧货集市上淘来的。韦利汪汪几声，用简捷的莫尔斯码将电话铃声翻译给女主人。

“我马上就来，韦利。”姨妈喊了一句，好像狗已经替她接听了电话，铃声继续响着。

“你好。”比丽丝姨妈使用动听的电话英语说。

“哦，是教授，当然，我马上去叫他接电话。”

“提米，亲爱的，是找你的电话。”她仰头冲着楼梯喊道。

姨妈把老式胶木电话听筒放在门厅的桃心木电话桌上，桌上还铺了一块保护面漆的褪了色的粉红色钩织垫，然后姨妈和韦利都回到了客厅，随手关了门。

提米下楼拿起听筒。

“您好，是教授吗？”提米急忙发问。

“你是鼹……提米吗？”教授自顾自说着，好像没听见提米的问话。

“是，我明白您的意思，需要我帮什么忙吗？”

“我的纸筒落在你姨妈那里了，你看到了吧？”提米说他已经拿到了。

“太好了，太好了，你认为怎么样？”

“我认为？您指的是？”提米问道。

“你已经打开看了吧，是不是？我当时没法多待了，你这位姨妈呀……”教授克制着没说出指责的词语，但提米明白是姨妈使用过多的

“E”声调发音，给教授带来了麻烦。教授继续说：“这是我做的拓片。”

“是……”提米说，“是从方尖塔上拓印的？”

“眼力不错，孩子。明天上午10点见。别迟到，把盒子都带来。”

电话咔哒一声就挂了。提米心里记着爷爷的电报警告，本想对教授找个借口，说他明天不能去乡村城堡，也没了机会。

姨妈从客厅里喊他：“哎，提米，快过来一起坐一会儿吧，我们在客厅呢。”

提米向客厅走去，鼻子一耸，突然想起客厅长椅下面那股难闻的味道。

第十二章

紧贴足印

比丽丝姨妈坐在教授不久前坐过的那把扶手椅上。一支扶手已经朝下垂落，原本绑定它的紧固绳被韦利咬断了，于是变成了一支折断的翅膀。

事实上，韦利几乎把房间里的所有东西都咬过一遍。所有的家具腿，要么咬坏了，要么咬了一半。夜里经常发出的奇怪声响，大多由这些家具腿引起，就像砍伐后摇摇欲坠的一棵树，伴着狗叫和各种东西的渐次跌落，然后缓慢地倾倒。此时，韦利正坐在客厅中一把旧摇椅里，摇椅是个例外，一点没被咬过，很显然，这是它最喜欢放松的地方，而且还紧靠着炭火盆。姨妈这几天正在烧一本装帧笨拙、颇为厚重的大块头书籍，这本《野外露营》正被当作“柴火”点燃，书页被火舌打开，现在正吞没着营地中的一顶帐篷。

“我很喜欢炭火中有一本好书。”姨妈这么说着，又扔进去一本。

“我很喜欢在炭火前读一本好书。”提米在脑海中重新组合了这句话，仿佛在为姨妈的不当行为向全世界的读者道歉。

还有更多的书摞在地上等着做燃料。来访的客人可能误以为比丽丝姨妈是个书迷，其实她最感兴趣的是书籍的大小尺码，书越大，烧得越久。一把小凳子摆放在摇椅旁边，韦利常常喜欢爬上去睡觉。

今天这个场合，韦利挺直了小腰板坐上了凳子，偶尔舔舔自己的胸部或爪子，梳理几下白色和姜黄色的斑纹，彰显一番纯种小猎犬的特征。

比丽丝姨妈开场了。

“那位教授可真怪，不可思议，他不喜欢奶酪吗？他明说不喜欢不就得了，现在这么一来，好像是我用茶和奶酪把他赶跑了。”

姨妈手头忙活着，她正在给韦利编织一件毛衣，两根毛衣针灵活地上下穿梭，每绕一圈，针尖就有节奏地发出碰撞的声响。她身旁一件大号旧毛衣抖动着，上面的旧毛线随着姨妈手上的交叉动作，转移到韦利的新衣服上。

“教授在电话里说了什么，提米？”

提米刚在长椅上坐好，抬起头准备回答，突然注意到韦利停止了梳理，轻轻地咳嗽起来，边上的摇椅跟着开始了摇动。姨妈还在说话，提米的注意力却被韦利吸引过去。

"……亲爱的，提米。"姨妈前面说什么了都没听见。

韦利开始使劲咳嗽，摇椅动荡得更快了。韦利一声又一声地咳嗽加之咆哮，旧地板也情不自禁地震颤，波及到韦利身后一个被咬坏了木腿的陈列柜，它像晕倒了一样砰然倒地。

比丽丝姨妈像没事人似的。"我希望你能听我说话，提米，还有韦利，刚才我们说到哪儿了？"

提米一夜睡得心神不宁。清晨，他拉开窗帘，迎接新的一天。天空昏暗，淅淅沥沥的雨点发出微弱的嗒嗒声敲打在窗台上，雨水以四分之一拍的快节奏从断了的排水槽流出来，直泻到下面的花园里。提米看了一眼床边淡绿色的闹钟，有些年头的黑色金属表盘上，时间正指向7点半。表盘上的字符跟头顶上灯绳把手一样，也可在黑暗中发光。

教授昨天怎么说来着？

"明天上午10点见。"

尽管提米很想去乡村城堡，但爷爷的电报却说不行，而且语气很严厉。

他看了看桌子上的圆盘拓纸。事情发展越深入，就变得越神秘，各种迹象表明提米被塔尔帕选中了，但是原因何在呢？

提米脱下睡衣换上旧牛仔裤，穿上昨天那件套头衫，现在还有点冷，可以等会儿再换一件T恤穿。

尽管已是夏末秋初，气温开始明显下降，但比丽丝姨妈这个时节从来不用中央供暖。呼出一口哈气，马上会形成一团薄雾。大房子里一片寂静，只有姨妈和韦利还在酣睡，鼾声如同一件不断发出怪声的管乐器，此起彼伏。

提米从桌下拉出椅子，坐下来重新思考圆盘拼图。他用食指轻轻触摸这些柔软的拓片，从凸起的纹理上仿佛可以感受到方尖塔本身。他把圆纸盘半圈、半圈地旋转观察，无论怎么看，纸上的图形并无规律可循。他正要起身走开，突然注意到几个零星的符号如果放在一起，就和魔盒拓印下来的图形相似了。

房间里的流动气流轻拂着薄纸，提米用手指压实。将方尖塔拓纸圆盘与魔盒拓片两者一对比，他看到了相似之处，纸盘上一个重复的图案与魔盒上的可以匹配。这个图案看起来像雪中的动物脚印，两只后脚和两只新月形符号的前脚。

提米抬起手指想琢磨琢磨，圆盘拓纸却即刻从桌子上起飞，经过空中滑翔，向床下俯冲而去。提米过去捡，发现纸片从薄盒子边缘一条没盖严的盒盖缝隙，钻了进去，就是这么巧。

他从床下拿出纸片和薄盒子，里面的金鼹鼠还在熟睡状态，但纸边不知怎么就被一只鼹鼠给夹住了。提米用“棒棒糖”钥匙开锁，把小鼹鼠模型拿出来，将夹住的纸松开，这时再一看，圆盘拓纸上的新月形与手中金鼹鼠船桨一样的大前爪形状吻合。

新发现带来新喜悦，提米索性把小鼹鼠都拿了出来，放在圆盘拓纸上。他将鼹鼠和相应的脚印符号对应，判断正确，每只都完全吻合。这真是又有趣又好玩。他是否找到了谜题的一部分谜底？这个谜底就藏在薄盒子里，但教授并没发现。既然没发现，教授为什么不把整个魔盒都寄给爷爷？提米又想起那几句诗一样的文字：

紧贴足印。

锁孔守护者。

提米从重合的图形上推断，这些小鼹鼠足印应该就是方尖塔圆顶锁孔的守护者。只是不知道如果把它们放在方尖塔的相应图案上，后面会发生什么。

他从床下拿出魔盒。这时候再看魔盒表面的众多图形，仿佛已经经过了大脑的加工检索，很容易就辨别出方尖塔圆盘拓纸上的脚印图案与魔盒顶部的图案一致。

提米将魔盒倾斜，通过角度变化使光线平照在盒顶上，他想进一步确认上面的深月牙图形的位置，可一不小心，魔盒砰的一声平落在桌子上。韦利在什么地方叫了一声，提米一动不动地听了一会儿，生怕这时候把姨妈吵醒。房子里重新恢复了寂静，他用手指在盒顶的图案上游移了片刻。

他拿起一只金鼹鼠，小心翼翼地放在魔盒表面微微凹陷的脚印图案上，金鼹鼠与之完美契合。不仅如此，还能感觉到一种看不见的力量把金鼹鼠吸在了上面。都放好以后，提米后退一步，欣赏着自己的作品，显而易见，他又找到了一块拼版游戏里的拼图。

正看着，一个令人有些忐忑的声音响了起来。

魔盒开始嗡嗡作响，夹杂着一些微小的铃铛声，提米听到过这种声音，当时他在乡村城堡，拿着魔盒靠近了方尖塔。突然，魔盒向上顶开了一层，就像维多利亚海绵蛋糕一样，只是中间的奶油夹心层现在空空荡荡的，并无东西。一定是站在盒体表面的金鼹鼠打开了这一层魔盒。

提米凝视着两层之中的空间，异常兴奋，耳边都能听得到自己怦怦的心跳声。魔盒顶层被四个角落里的内折叠挂钩给抬了起来，高度延伸了半英寸或更高一些。

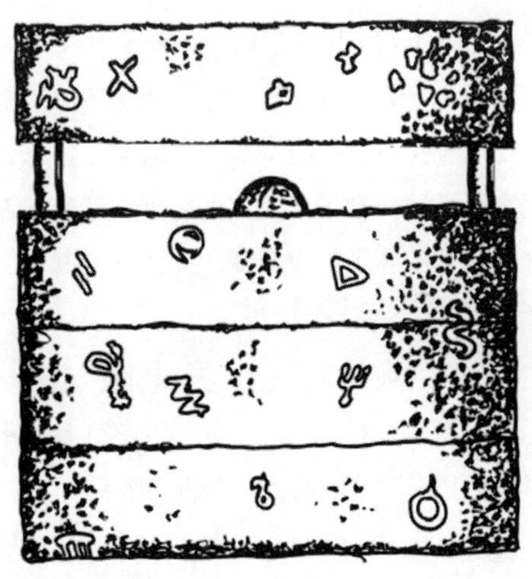

他小心地握紧魔盒顶部，往上一提，没想到魔盒顶层就轻易地与魔盒整体分离开来。往里一看，中心位置有一个很小的半球，环绕半球的则是一个圆形凹坑，星罗棋布的刻痕犹如拓扑形状的山脉，逐渐由下往上蔓延扩展。小半球上还有一些不好理解的符号，被生硬地嵌刻在一片起伏的山丘里。

如果不是中间有一个雕工精美的小半球，顶层魔盒的内部几乎就是一张金属地图。小半球真是绝美至极。一条纤细的金线像钟表指针一样向下垂落到半球的中间位置，一个小巧的平滑铮亮的金三角嵌在半球的一端，好像将时间固定在三点钟上，更加增强了小半球的时钟特征。

提米仔细打量着小半球，感觉似曾相识，好像在方尖塔的某个部位看到过类似的细节。他忽然间冒出一个想法，它可能是方尖塔圆顶的最上端。这样一来，魔盒里面还应该有一个方尖塔的微型仿品，现在仅仅是展示出了顶部。推理是否正确不得而知，除非分开魔盒的其他几层。

楼下，比丽丝姨妈开始清理从陈列柜上散落下来的玻璃碎片、破损的陶器和餐具，韦利全神贯注地凝视着，发着呆，提米走进房间时它甚至都没转身。提米帮助姨妈把没了玻璃的陈列柜重新抬起来，又放了几本“柴火”书来代替被咬坏了的柜子腿，他注意到其中一本书名是《时代的根基》，他觉得垫在下面十分恰当。

陈列柜摆正放稳，韦利就飞快地走近垃圾桶，把几块暴露在外的剩饼干吞了下去。比丽丝姨妈有个毛病，就是看不到盘子里剩下的一两块饼干，总是倒掉，韦利深知这一点，就等机会降临。

收拾妥当，姨妈宣布：“孩子们，早饭时间到。”

韦利看起来很高兴，它不合时宜地做了一个即兴后空翻，结果仰面着地，只好打个滚站起来，眼睛却盯着提米看，好像在说：“我是故意这么做的。”

早餐是两片吐司和一个鹌鹑蛋，两个“孩子”各有一个。提米饥肠辘辘，上去就用茶匙敲了一下鹌鹑蛋，顿时四分五裂，一桌子小碎壳，可吃的内容所剩无几。好在面包片有的是，够吃一天的。

“亲爱的提米，我今天出门。”比丽丝姨妈在厨房里说着话。

今天是韦利的“女朋友节”，姨妈宣布：“韦利想见见莫妮卡家的女朋友，时间不会太久。”

韦利的“女朋友”是一只姜黄色与黑色相间的迷你腊肠犬，主人是莫妮卡女士，这位女士因为染了一头蓝发而在村子里众人皆知。两位狗朋友是在当地乡村节日上相遇的，当时比丽丝姨妈负责站摊义卖，莫妮卡则是主持宴会的贵宾，她剪断了彩带，欢迎人们进入乡村大厅，她还亲吻了一直抱在胸前的腊肠犬达芙妮。

集会上分别介绍了比丽丝姨妈和莫妮卡女士，韦利对达芙妮一见钟情。那一天，韦利用手脚安稳、举止得当的肢体语言向姨妈暗示，它“恋爱”了。从那以后，姨妈每月拜访一次莫妮卡，两家在乡村娱乐场附近的老庄园一起喝喝茶，今天就是见面日。

院门砰地一声关上了。提米往窗外一望，比丽丝姨妈正把汽车后门打开，从后备箱取出那个专用木板坡道，放在路边和后座之间，帮助韦利顺利进入汽车。韦利岁数大了，狗脚趾斜伸，脚趾中间还竖起一簇毛发，看上去更像一只矮脚鸡的装饰物。

姨妈坐上驾驶座，关好驾驶室车门，启动车辆。

木板坡道却还搭在原位，后门依然大开，韦利漫不经心地望着外面的自家小屋。汽车突然往前一窜，木板滑落，汽车后门自动关闭，木板留在了树篱和人行道之间的草地上。眼见一系列偏离常规的古怪行为，提米忍不住咧嘴一笑。

第十三章

跑向森林深处

提米回到卧室，又花了一个小时研究魔盒，尝试着打开第二层。其实他心里对那个约定时间有很强烈的盼望，他也清楚要听从爷爷的警告，远离教授，但是提米觉得失约行为有些不妥。他决定还是去乡村城堡，见到教授以后只跟他说一句“不能多待，失陪了”，然后就回家。对，去不去的问题解决了。哦，当然，提米觉得还可以把魔盒带上，再把鲨鱼皮长筒还回去，如果时机恰当，甚至有机会向教授展示他的新发现，然后就回家。提米意识到自己为了去乡村城堡在找一些空洞的借口，但他确实希望从乡村城堡得到更多关于这些神奇物件的线索。

他迅速把睡鼹鼠放回原位，把打开的盒子都关闭，里面又传来小铃铛的鸣响。他突然想起上次在乡村城堡和教授对话中，教授说过，这个神奇的故事只有三次讲述机会。现在发现了魔盒和方尖塔之间的奥秘，难道就算用去了一次机会？

提米开始收拾，他想起上次拎着魔盒走路实在太重，于是他把魔盒放进妈妈给他准备的旧帆布背包里，当时妈妈还给他装了一套换洗衣服，现在可以用它来包裹魔盒。来姨妈家之前，他跟父母说，比丽丝姨妈从旧货义卖上收集了大量的服装，足够他穿到25岁，所以不需要自带任何衣物。父母提醒他，姨妈也收集旧货义卖上的内衣内裤。提米赶紧携带了自己的干净内衣，现在正好用来保护这个宝贝盒子。

他把旅行包背好，把所有的纸片，包括他自己的拓片，都装进鲨鱼皮长筒里放置妥帖，用一只胳膊夹紧，然后下楼。从乡村城堡出来以后，提米计划去教堂巷的远处转转，那里开始进入连绵起伏的丘陵地带，适于登高探险。这样一来，考虑到漫长的一天，提米决定做一两个三明治，有备无患。食品柜里的食物并不多，但有面包、黄瓜和马麦酱就足够了。

外面仍然是细雨绵绵，阴暗压抑，提米在楼梯下的柜子里找了一件旧塑料雨衣穿好出了门。雨滴淅淅沥沥地打在身上，过了一会儿，头顶上雨衣塌陷的地方就攒齐了一汪雨水，向着他的额头倾泻而下，额头上的刘海儿随即变成了一根根细小的排水管。等他走到乡村城堡时，已经浑身湿透。他透过紧闭的大铁门向前面长长的绿色拱门通道望去，那条阴森森的隧道令人毛骨悚然。

提米轻车熟路地从大铁门下面钻进去，然后疾走快赶，很快就穿过了绿色拱门通道。到了另一边，眼前出现的景象让他大吃一惊，与昨天已经截然不同，长草已被悉数割掉。他扫视了一圈空旷的花园，几个运动场地那么大的面积被清理干净。他绕到乡村城堡后面，后花园的草地也被清空，一片开阔地一直延伸到遥远的森林边缘，远方出现一条修剪得整整齐齐的边界线。

如果在一个阳光明媚的日子，提米想象，这么大的空地足够整个村子举办一场节日庆祝会。这时他的后背很不舒服，背包里魔盒的一个边角有点扎，于是他把魔盒重新换个位置。来乡村城堡的路上，提米把长筒也放进了背包里，鲨鱼皮筒像一个火箭筒一样直立，非常抢眼。提米走到乡村城堡前面，大门开着。

“教授，我是提米，您在里面吗？”

问得真奇怪，提米想。“您在里面吗”，这属于明知故问，如果没人在，大门会开着吗？

“我不能多待，我得快点回去。”提米说着把大门推开一些，探头往里瞧。

整点钟声响了一声，此时此刻是上午10点。

“现在该怎么办？”提米紧张思索。

远道而来的目的就是向教授当面道个歉，说自己不能久留，可是现在找不到人，提米决定还是进去找一找，打声招呼也好。于是他往里推门，大门吱吱地发出不友好的声响。进门左手处放着一把旧藤椅，纵横交错编织起来的椅背上破了几个洞，座椅部分完好。提米脱下滴水的塑料雨衣，把背包放在椅子上，又抖抖头发上的水滴。像以前一样，前厅屋顶上还在往下漏水，轻轻的嘀嗒声标志着时间流逝，只是现在地板上的积水更多了。

“教授？”提米又徒劳地喊了一句，依然没有应答，他的喊声在乡村城堡厅堂里回荡。

他沿着走过的走廊，顺着一排大型展示柜走向镜子室。到了门口停下，轻轻敲门，等待回应，毫无动静。于是他把耳朵贴在门上叫道：“教授，是我，提米。”还是没有任何声响。

提米慢慢转动那支装饰华丽的门把手，推门走了进去。他不忘用手遮住眼睛，以防房间会像之前一样明光锃亮，但房间里却是一片暗淡，小镜子上的宝石随着气流涌入而晃动得叮当作响。他抬头仰望头顶上的穹顶，在中庭的上半部分拉起了一块巨大的绿色油布，为了将油布系紧系牢，各个位置的结绳点找得很随意，显得很难看。房间后面竖立着一架高大的人字梯，正像剪刀一样劈开两腿分立着。

房间里传来明显的嘶嘶声，一种持续不断的嘶嘶声。提米的视线从观察房顶转移到巡视房间其他细节，他注意到渡渡鸟雕像背上有灯光闪动。他走向其中一只渡渡鸟，想确认嘶嘶声是否来自那盏灯，目前看不出它的能量来源。提米设想，地板下面埋着煤气管道提供照明用能源，或者每个灯柱内部都有一个可替换的煤气筒。一想到有人定期在每一根支撑渡渡鸟的柱子里更换煤气筒，提米哑然失笑。现在的疑问是为什么要给房间里苫盖一块油布？渡渡鸟怎么发的光？镜子室内的空气借助灯光发热而变得温暖，但是还有潮湿的感觉，细看每只渡渡鸟的身上，都有薄薄一层由蒸汽而来显得亮晶晶的膜状凝结。

渡渡鸟后面的中心地带，已经回归原位的方尖塔环绕在层层光影里，灯光映照着高高在上的、颀长的圆顶，黄铜内饰闪烁着迥异以往的色泽。提米心情迫切地走近教授拓印的宽檐平顶，渴望把金鼹鼠贴近上面的脚印标记，但他理智地停下脚步，也许改天更合适，毕竟今天他根本就不该到这里来。

提米绕着方尖塔走了一圈，抚摸着边沿、边角的细微之处，当他的手触碰塔体时，渡渡鸟背灯的嘶嘶声逐渐加大、亮度随之提高。提米盘桓着，身体拖动着滞后的手掌，手指尖在塔体那些符号、刻印上移动，就像簧片触碰在八音盒音筒的凸点上。他慢慢地把手从方尖塔上移开，背灯渐渐变暗，嘶嘶声也安静了许多。

“真奇怪，好像方尖塔正在控制灯的亮度。”他心里说。

他注意看了看方尖塔的底部，现在被牢牢地夹在八角形的凹槽里，八个夹子与塔基浑然一体，不可或缺，现在很难想象曾经打开的模样。

提米挨近了方尖塔圆顶，注意力特别集中在金属小门的精致细节上，毕竟圆顶的两扇装饰门上次可是打开了。

猛然间，提米从痴迷中如梦初醒，他停留的时间太长了，而且魔盒和长筒还放在大门口。他转身要走，一下子跟教授撞了个满怀。教授已经进了镜子室，一直在提米身后盯着他，提米毫无察觉。

“我就猜到你会过来，提米。”教授说，没好气地又补了一句，“还是离不开这里，对不对？”

“哦，教授。”提米神态自若，从容应对，“您把我吓了一跳。很高兴碰见您，我来就是想告诉您，我不能久留，我得回去接霍勒斯，他今天就到，所以我们得另找时间，您看行吗？”

“我知道霍勒斯要来，”教授生气地说。

“您怎么知道的？”提米疑惑地问。

教授怎么知道？提米心想，只有比丽丝姨妈和自己知道霍勒斯要来，也许露丝普从电报员那里知道了内容，然后转告了教授。对，一定是这样。

“我可以想象得到，他很快就会来。”教授语速飞快，说话时他的脸部还有些抽搐。

“现在说说你在方尖塔上发现了什么？”教授几乎喊叫起来。

渡渡鸟身上的灯光陡然提升了亮度，强光迅速笼罩住室内的人物和摆设，粗暴地把他们的身影扔到四周的墙壁上，如同开始上演一场硕大的皮影戏。

提米心里有点惴惴不安。只见教授不住地搓着双手，眼镜戴在了鼻头上，嘴里的舌头在嘴唇和牙齿之间不停地转动，带动嘴唇出现怪异的弧形起伏。

“没看出什么。”提米说得毫无底气。

“告诉我……”情急之下教授用了“我”这个发“E”音的禁用词，脸上瞬间出现呲牙咧嘴的神态。

紧接着教授的言行举止更加生硬蛮横。“呜，呜，告诉（我），告诉（我），你到底发现了什么？”

提米开始惊恐，教授看起来不再是原来那位体弱长者、矮胖怪人，变成了一位陌生人，一位凶相毕露、充满威胁的陌生人。

“快说，快说，你找到什么了？”教授边说边向提米走过来。

提米在余光中看到了动静，紧接着还有许多动静，很多小动物倒悬在防雨布的绳结和绳扣上正在使劲摇晃。啪的一声，有一只意外地掉了下来，眨眼间就从门下消失了，眼前一幕分散了教授的注意力。与此同时，他们头顶上那块大油布的一个绳扣被解开，呼的一下垂落下来，正把他们隔开。万束阳光从穹顶倾泻而入，教授赶紧把眼睛遮挡了片刻，愤怒地大叫一声，开始用脚踩地板上的几只鼹鼠，它们赶忙连蹦带跳地跑开了。

机不可失。提米抓住机会，一个箭步冲到门口，夺门而出，顺着走廊飞奔。转眼间大厅映入眼帘，他去找帆布背包，可是背包不见了。

“该死，”提米心说，“一定是教授把它拿走了。”

“回来，你这个臭小子。”

提米扭头看看走廊远端，明亮之处映出教授轮廓分明的身影，教授正快步沿着走廊而来。

提米不敢迟疑，赶紧从乡村城堡的前门出去，他准备从绿色拱门通道回家。可是在乡村城堡门前刚一迈步，眼前的场景让他不得不收了脚。

空旷的场地上到处都是鼹鼠丘，成百上千的鼹鼠丘。大型的、小型的、半成品以及施工中的，总之前花园被翻了一个底朝天。鼹鼠丘太多，已经很难看见一块闲置空地。提米在鼹鼠丘中急速搜索逃跑路径，出人意料地发现有一条细长的小路还没有被翻动。

不容多想，他跳下台阶，朝着小路就跑了上去，教授的脚步声紧随其后。沿着小路绕过乡村城堡，直接奔向远方森林，提米没敢回头，一门心思就是躲开教授。跑着跑着，隐隐约约听见一个声音顺风而至，先小后大，是“Pweeeeeezzzzeee”，此时此刻听见这个熟悉的温言细语，真是亲切可人，提米循声奔去。

鼹鼠丘跟踪着提米的脚步，持续不断地在小路上涌现，教授在不远处咆哮。提米一通猛跑，胸口隐隐作痛。这时，如丝的小雨连成了线，大雨点猛烈地打在他的脸上、身上，头顶上密布的乌云，增强了梦魇般的幻觉，只剩下跑、一直跑。他感觉跑了一个小时之久，直到抵达森林边缘才停下脚步，喘口粗气回头看。那条小路完全消失了，它已经被鼹鼠丘吞没。还能透过视野开阔的后花园看见远方一个渺小的身影，但小路正在消失，教授已经举步维艰。很快，倾盆大雨把地面弄得更加崎岖泥泞，使人寸步难行。

提米这时才意识到鞋上沾满了泥巴，一抬脚就像灌了铅一样沉重。他借助一棵树，连磕带蹭地甩掉了大部分，他也累得呼哧带喘，疲惫不堪。他还看了一眼掉落的稀泥，极为细腻。

面前的小路一直蜿蜒着进了树林深处，小路上树枝茂密，金雀花掩映，与上次进入森林迥然有异。不过，这条荒野小径路痕清晰，踩踏打磨迹象明显，它是由身材超级矮小的工人们修建的，它们不会考虑头顶上植物过密，当然也顾及不到提米的身高。提米向前一边走着，一边推开挡路的灌木、树枝和荆棘。路越走越深，本来就阴沉暗淡的白天变成昏黑一片，头顶上的枝叶也愈加浓密，连雨水可钻的空隙都没有，森林的地面已经十分干爽。

路面很软，他的靴子在身后留下了清晰的脚印，这样就不会迷路，可以跟随脚印再退出去。提米几次回头查看，足迹并没有被鼹鼠丘覆盖。

“暂时还没有。”他心想。

这条荒野小径曲折伸展着，望不见尽头。神奇的是，路宽始终保持在12英寸，即使绕着树木转来转去，宽度仍然一致，不逊色于一条完美的跑道。提米停下脚步，蹲下细看，用手在小路上摩擦一番。路面纹理非常细腻，好像是用最小的铲子建成的，当无数微小的施工痕迹组合在一起，便绘制出一张可媲美编织地毯的美丽纹理图。

“Pweeeeeeezze”的声音已经越来越大。

提米在森林里钻来钻去，又行进了一段时间，小路开始向一个明显的大土丘伸展绵延，地面上好像隆起了一个半球形大气泡。围绕土丘周边生长的树木呈现出略微向外倾斜的角度，显著表明这个位置的森林地表发生了凸起。此时提米筋疲力尽，倒不全是因为走路，而是要不停地拨开横生挡路的枝枝蔓蔓。

通向大土丘的斜坡太陡，提米必须手脚并用才能前行。还得感谢大树发达的根系出手相助，它们在土层上下时隐时现，犹如一架木梯。

提米继续往上爬，一直爬到土丘顶部方才停歇。他俯身向前，用一根低矮的橡树枝充当天然扶手，双手支撑着向四周观望。

四周光线昏暗，“Pweeeezzzee”的声音更为响亮。目之所及，场面异常，顶部的土层已经被挖成一个带着弧度下凹的巨大盘子状深坑。慢慢的，眼睛适应了环境，提米看见星星点点的黑色光泽在深坑里晃动，就像阵阵微风在平缓的水面上掠过。提米思维片刻短路，过了一会儿才明白看见了什么。

数量庞大的黑鼹鼠正聚集在一起，形成毛茸茸的起伏方阵，每只鼹鼠都在跬步前移。提米恍然大悟，它们就是挖掘、平整荒野小径的袖珍工人们，这是一支鼹鼠大军。他们干活的声音比提米妈妈脚踏缝纫机声要响亮千倍。鼹鼠大军还在忙着挖土、刨地、拍拍打打、平整路面，提米直起腰就看得更清楚了。他站起时，头一下子撞到了上面的树干，枯枝折断掉落于地，发出轻脆的声音。他在它们面前犹如一位巨人耸立。

“Pweeeeze”的呼唤突然停止，鼹鼠们也不动了。眨眼间，所有小鼹鼠齐刷刷向提米转头，一只只闪闪发光的小眼睛注视着他，小鼻子快速抽动嗅着空气中的异味，一根根胡须也警觉地抖动起来，同时船桨状的前肢向前伸出，提米面前出现一片粉红色。

提米目瞪口呆，试着往前迈了几小步。

就像拉开一条拉链，鼹鼠们有序地分向了两侧。他的眼睛不由地随着拉链的开口移动，一直看到拉链的末端，那里逐渐变宽而形成一个清晰的圆圈——金鼹鼠端坐在中央。

“Pweeze。”金鼹鼠凝视着提米说，并挥动桨状的前爪示意提米走近。

鼹鼠队伍在他面前又拓宽了一些，形成一条宽阔的小路。它们像仪仗队一样，高举着桨状前爪，从小路两侧向提米行着注目礼。提米小心翼翼地向前迈步，生怕踩到它们。

提米走到金鼹鼠跟前，金鼹鼠两支爪子交叉抱胸，席地而坐。由于高度悬殊，提米本能的单膝着地缩短距离。金鼹鼠这个姿势保持了几分钟，好像它在思考重大事项，准备宣布重大决定。然后，它挥舞一只大前爪向左侧做出了手势。左边的鼹鼠们立即行动，听起来它们的脚下有明显的空洞之感。当它们纷纷后撤，森林地面上显现出一块木制正方形盖板，上面装配着一个大铁环。

金鼹鼠指向提米，又指指正方形盖板，好像准许他走过去看看。于是提米走近，可以肯定这是一个活动盖板。他转身看向金鼹鼠，只见它两只前爪抬起、下落，再向上抬起。金鼹鼠示意他抓住铁环，向上打开活动盖板，提米认为大概是这个意思。

提米两腿跨在盖板两侧边沿上，抓住铁环往上一拉。始料不及的是，盖板毫不费力地就起来了，提米差点失去平衡。震惊之余，提米放回盖板。然后他换个位置，又把它提了起来，下面露出一个漆黑的地洞。他把盖板挪到旁边，跪下来探身向里观望。

提米看出洞里有一个宽阔的斜坡，从洞口一侧一直延伸至黑洞远方。这时，鼹鼠们似乎收到了什么无声的信号，开始聚集，并顺着斜坡敏捷地入洞。很快，源源不断的黑鼹鼠们消失在黑洞中，它们蹦跳的脚步扬起一团团黄褐色的灰尘，让后来者很快隐匿其中。这一幕景象好似奔腾不已的水流，提米足足观看了10分钟之久。还有数百只鼹鼠继续往下跑，金鼹鼠走过来坐在提米身旁，他们一起注视着奇异景象。最后，地面上仅剩下三四十只鼹鼠原地待命，等候指令。

“Pweeze。”金鼹鼠突然指着洞里，然后又指着提米。

“你想让我进洞？”提米发出疑问。

“Pweeze。”金鼹鼠又指着深处说。

“对我来说里面太黑了，我不适合，洞也太小了。”

金鼹鼠在坚持：“Pweeeeeeeeeeezzzzeee。”

“我不喜欢黑暗。”提米补充道。

他已经听见教授在远处的喊叫了，教授正在朝这里跑来。

“提米，我知道你和那些讨厌的鼹鼠在一起。快出来，马上出来。”

金鼹鼠突然一蹦就跑了下去，进洞就不见了。

提米不再犹豫，双手一撑洞口边沿，双脚一滑就进了洞。

第十四章

地下迷宫

提米一咬牙向下滑了几步，停下以后抬头一望，洞口形成一个方型光孔，把守洞口的几十只鼹鼠的小眼睛还在注视着下面。这时黑洞深处传来几声呼唤："Pweeeze，Pweeeeze。"

金鼹鼠出现在顺着斜坡照进来的微光里，伸爪示意提米跟着它往里走。

紧接着，提米听到上方有物体搬动的声音，应该是盖板重新覆盖了洞口。头上正方形的顶光逐渐变成菱形、三角形，变成星星点点，最后漆黑一片，土粒也零零星星地掉落洞中，很快洞口就被封住了。上面的声音听来很沉闷，提米猜测鼹鼠们正用浮土掩蔽活动门，不让教授发现。

周围悄无声息。这时，提米听到一声令人欣慰的"Pweeze"，然后他感到有什么东西爬到了他的靴子上。一定是金鼹鼠，提米认定就是它。什么也看不见，他凭直觉把两手合拢弯成杯状，让金鼹鼠爬进来，然后把它捧了起来，金鼹鼠小小身体的热度让提米稍微平静了一些。他在黑暗中的斜坡上以一个别扭的角度站立着，不知所措。手中的鼹鼠移动了一下，然后把它的小鼻子用力地从提米手中抬起一些，并在提米的手上挠了一下，似乎是给他一个示意。接着，金鼹鼠发了一个怪音，音符很短，几乎就是打嗝。

一瞬间，到处都发出了荧光，无数小光点聚拢在一起，变幻出两根绿色荧光棒，两棒之间形成一条微光隧道。提米一眼就认出微光来自萤火虫，来自成千上万只萤火虫。目前为止提米只见过一次萤火虫。那是一个晚上，提米和他爸爸正要上车，两人同时注意到前面有微弱的荧光，便走了过去，只见一只萤火虫被困在墙缝里。爸爸当时说："提米，你看，英格兰的一只萤火虫。你可能一辈子都再也见不到第二只了，我花了53年才看到这一只。"而现在提米的眼前涌现出数百万只。

想起上次爸爸看到荧光时的惊讶，提米不由地有点想家。虽然此时此刻眼前的一切让他激动，他还是愿意回到家，在星期天帮妈妈干点活，用手指把搅拌蛋糕粉的碗清理干净该有多开心。

提米的眼睛逐渐适应了微光环境，他张开双手，看到手里的金鼹鼠没有动静，似乎在休息。提米开始直身前行，与此同时，萤火虫之光照亮了前方10英尺远的地方。他往前走一段，身后的光就会熄灭一段，没有了回头路。不容提米多想，萤火虫在前面引导开路，现在就是凭直觉跟着走。

顺着斜坡路继续下行，这条隧道的宽度依旧，头上的高度却在缓慢增加。沿着小路又下降了大约100英尺，萤火虫的光带始终只能照亮几英尺的高处，再远一点、再高一些的地方仍然是一片漆黑。

提米停下喘口气，就近看看隧道的墙壁，发现上面的细腻纹路与地面上那条荒野小径上一模一样。他们继续行进。从所走的这条主井式隧道的两端，开始延伸出多条小通道，达到数百条之多，且距离相等。提米还观察到，以5个通道的高度为一个单位，在其下方连续标注着一条粗水平线。现在如同在电梯里，这条线可以告诉你正在第几层，或者这条粗水平线是比较奇特的鼹鼠专用深度计，就像巨轮船首的吃水标尺一样。猜到了这条水平线的用意，提米抿嘴一笑。

提米的眼睛现在适应了有限的光照条件，他发现使用麦格雷戈先生教的斜视看物的窍门，可以看到更多细节。“提米，人眼感光细胞分视杆和视锥两种，视锥主要集中在视网膜中心，对弱光不敏感。而分布在眼睛边际的视杆细胞主要感知明暗，对弱光更敏感。所以，当我们观看比较暗的星星时，直视不如偏移一些更清楚。”后来，记得是在一个寒冷的冬夜，提米躺在一个旧睡袋里仰望星空，从眼睛侧面看到的星系确实比从正前方看到的要多得多。

地下的温度很舒适，甚至变得暖和起来。尽管提米的胳膊感到力乏，但他还是用双手捧好他的旅伴以确保安全。他知道周围有许多鼹鼠，虽然不能经常看见它们的身影，但能听见它们的动静，最重要的是他能闻出它们的气味。有趣的是，这种气味和他在家里饲养过的宠物老鼠没什么不同。

斜坡路继续向下深入，偶尔可见一两只鼹鼠从分叉的通道口里往外张望。偶尔有些小土粒令人不安地从墙壁滚落，但从未大过一颗豆子。有一两次他看见一只鼹鼠走在标线上，旋转着尾巴试图保持平衡，他感觉在这条缓缓下降的道路上走了很长时间，小腿肌肉酸痛。

提米听到远处传来哗哗的流水声，起初还很轻微，但越走越响亮。提米担心会不会在一个没看见的岩壁边缘一脚踏空跌落水中，或者掉进一条地下河里。此时，震耳欲聋的声音让人心神不宁。

金鼹鼠在提米的双手间摇晃，提米赶紧停下来查看，随行的鼹鼠们也都停了下来。巨大的水流冲击声掩盖了隧道里所有其他音响。提米张开手掌，笔直端坐的金鼹鼠大爪子一挥，指向左边一条新路。提米这时才注意到，他们正站在一个十字路口上，这里出现了四个不同方向的分岔，包括传来水流声的正前方。

一片柔和的淡绿色荧光弥漫在山洞里，为周边每个细微之处都添加上一抹绿色，包括金鼹鼠的全身上下。小家伙再次指示向左，等它坐稳，提米合拢双手保护好旅伴，继续前进。

隧道慢慢变成了幽深的山谷，森林覆盖的地面已经远远高悬于头顶。萤火虫发出的点点荧光，在狭窄的地下空间里如同夜空中一颗颗奇妙的小星星。大部队继续前行，奔腾的流水声已经渐渐消逝，随之可聆听到一条小溪欢快的奔流之音，间或转成涓涓细流或者转成湍流飞溅，提米几乎可以想象到水里的鱼儿在黑暗中跳跃。

金鼹鼠突然从他手掌右边缝隙中伸出一只大爪子，提米停住了脚步。

提米听到周围一片水花四溅的声响，他低头一看，看到了黑色，或

者更准确地说，是水面上的绿色萤火虫在他周围黑色水面上形成的倒影。水静得像一面镜子，现在上下都是荧光小星星，提米感到头晕目眩。他张开双手，仍然伏在掌心的金鼹鼠向外张望，八字胡须颤动地做着呼吸新鲜空气的运动，然后金鼹鼠发着怪声打了个嗝。

提米眼前的萤火虫团队开始了有序变化，它们沿着墙壁向下移动，逐渐聚集成一个球状体，就像地球仪一样，荧光的亮度也越来越强，甚至提米都能看清自己正站在一个有水的大洞穴里，水面宽阔，宛如湖泊。

光照继续加强，此时他已经观察到水面上有黑点浮现，这些黑点并不是水面上方星星的反射，而像宇宙星空中的黑洞。他聚精会神地凝视，才意识到这些黑洞一般的存在是水中的垫脚石，也就是可以步行通过广阔湖面的石头台阶。更奇妙的是，一些萤火虫漂浮在水面上，随缓慢的水流移动，它们的数量肯定有100万只。当河水缓缓流经露出水面的黑石阶时，萤火虫便盘旋在每块黑石头四周，可以清晰地让提米识别出近前和远处的石阶形状。一个美轮美奂的场景，更是一个让提米感动的壮举，为使他的行走道路畅通，很多萤火虫进入了水里，为他保驾护航。

金鼹鼠在他合着的手掌中动了动，双爪向前挥舞，酷似一个蝶泳打水动作，显而易见，就是让提米直接迈向前面的石阶。灿灿萤火使石阶在黑暗的水中很醒目，如同前进有了路标。石阶之间衔接的距离恰到好处，提米走起来就像平常走路，毫不费力。石阶属天然形成，像薄饼一样呈扁平状，踏上去稳固牢靠，并无落水之虞。石阶之间的空隙非常狭窄，萤火虫围绕之后形成一个又一个环状绿色光带，提米居高临下，就像从大桥上往下赏景，看到繁忙的高速公路上遍布密密麻麻的汽车灯。一股清风从右边吹过脸颊，提米意识到有新鲜空气吹进来，虽然他看不到一缕阳光，但清风暗示了一个山洞的存在。

走了很长时间，终于走到了石阶尽头，提米进入一条山谷夹缝之中的小路，两侧峭壁林立，陡峭的崖壁上分散着数量庞大的鼹鼠通道。提米纳闷，鼹鼠如何跨越峭壁，在两侧通道之间自由穿梭呢？他联想起姨妈给韦利准备的木板坡道，暗自发笑。又走了几步，一抬头，似乎为了解答他的疑惑，空中突现一座横跨山谷的精美之桥。提米走近仰视，被它的浩大工程所震撼。大桥是一个分成了五层的整体结构，层与层之间由粗大的立柱支撑，每一层都有一个拱门。

小路越来越平坦，提米意识到自己已经位于地下深处。萤火虫继续发光指路，头顶上开始出现翅膀拍打的声响，飞翔的身影不时遮挡住荧光，提米认出是蝙蝠。有那么一两分钟，它们在前面密集穿越，忽明忽暗的光线就像不住地眨眼睛。蝙蝠声纳定位引起的“呯呯”回声，大大缓解了单调的脚步和喘息声。心情稍一放松，提米感到又饿又累，肚子咕咕叫，早餐吃的几片面包恐怕早消化完了。

提米的饥饿感似乎感应到金鼹鼠身上，它也开始坐立不安。于是提米停下来，摊开双手，金鼹鼠站了起来，还揉揉肚子，提米微笑着点点头。“是的，我也很饿。”提米刚一说话，就被自己在地下空间里的洪亮之音吓了一跳。

金鼹鼠做出一个拍打动作，独特的拍打声在整个山体洞窟中回荡，如同推倒了多米诺骨牌，当一只鼹鼠把指令传递给另一只鼹鼠的同时，也把拍打声沿着小路又传了回来。金鼹鼠又伸出两只爪子拍打了几下以后放在了两侧，这个动作是示意全体原地休息。提米背靠着岩壁，举着金鼹鼠向下一滑就一屁股坐了下来，然后他转动双手让金鼹鼠走出来。

它一着地，并未跑动，而是像体操运动员一样开始做热身动作，做完以后又回到提米身边席地而坐。不大工夫，拍打声由远而近传了回来。提米朝响动方向望去，一个圆形光球正沿着山道的地面旋转而来，光球下方悬着两个模糊不清的正方形。

金鼹鼠听到声音活跃起来，飞快地爬上提米大腿，坐在他的膝盖上，望望圆球，看看提米，揉揉肚子。圆形光球映入了眼帘，提米清楚看到每只鼹鼠都在头顶上传递着什么，距离越来越近，提米恍然大悟，认出那是两个夹着黄瓜的自制三明治。这一盏圆球灯就是一团萤火虫。

三明治顺利抵达，金鼹鼠又回到地面坐了下去。提米从两只黑鼹鼠举起的爪子中把两份三明治拿了过来。他的旅伴轻轻抓了抓他的腿，然后揉揉肚子。提米掰下一块三明治给了金鼹鼠，它津津有味地咬了一口。提米环顾四周，鼹鼠们的小眼睛都在盯着他，他感到应该把第一份三明治分给鼹鼠们。于是，鼹鼠们依次掰下一小块，大家一起享用了这顿午餐。

食物为提米提供了一些能量，现在他多想喝点什么，真希望自己能在湖边畅饮一番。就在这时，另一个发光球体沿着鼹鼠队列向这边移动，只是这一次形状有些变化。到了近前，他轻轻地从鼹鼠那里接过来时，发现是他放在背包里的一条新洗过的干净裤子，被浸了水，现在湿淋淋的。

“看来至少教授没拿到帆布包。”提米从裤子推断。提米一拧裤子，有水流出来，他先给金鼹鼠喝了一口，然后仰着头把冰凉的淡水滴进嘴里。

他们精神抖擞地继续往前走，已经到达峡谷的某个位置，自从进了洞，好似走了一个世纪。

这里的空气变得相当潮湿，耳边又听到奔腾的水声，但这次听起来是水流从高处倾泻而下。一团雾气飘来，又湿又冷，随之一阵疾风扫过，薄雾迅即散去。提米依稀看见前方出现一扇装饰精美的小铁门，在雾气中似隐似现。他在门前驻足，看着薄雾轻柔地穿越用异国情调装饰起来的图案缝隙。提米思忖着，这是进口还是出口？不管是什么，此门太小，他不知道自己能否穿过。

门上的图案倒是似曾相识，他很快就辨别出其中一些和方尖塔上的图案一致。金鼹鼠在他的手掌间活跃起来，探出头判断着方位。应该是胸有成竹了，它拍打拍打提米的手掌，示意让它回到地面，提米赶紧蹲下让它出来。

提米很高兴歇息片刻，不是因为小动物太重，而是连续几个小时胸前平举，让肌肉备感不适。他摇摇手臂，让血液回流到前臂和双手。

金鼹鼠则走上前研究一番小铁门，它从皮毛下拿出眼镜戴在鼻子上。等了一会儿，它去触摸门底下几个符号，就像被看不见的机械力量推动，铁门慢慢地打开了。一团团水汽充盈的浓雾汹涌而出，提米只能看到手臂远的距离。水声开始加大，他没敢起身，以防不小心踩到靠近他脚边的几只鼹鼠。雾气氤氲的空气凉爽怡人，大大缓解了他们长途跋涉的劳顿。

雾气突然消散，似乎被整条隧道吸纳接收。提米听到金鼹鼠说了一句："Pweeze。"

提米站起身，跟在金鼹鼠后面，金鼹鼠单爪向前伸，像一位独臂游泳运动员一样，引导着他穿越小铁门。其他鼹鼠暂留原地，他们独自进入。雾霭给提米全身留下一层细密的雾滴，在萤光照耀下，就像浑身镶满了玲珑剔透的绿色小钻石。

金鼹鼠在前面引路，提米屈身弓背，极为勉强地穿过了铁门，过去以后，很快他就可以直身站立。他试图看清眼前的一切，却只能判断出头顶上并没有洞顶。事实上，提米根本看不出他们所处的空间有多么宽阔，只有水流潺潺、鸟鸣啾啾、蝙蝠尖叫混合而成的弘大交响乐提醒他，此时此刻他们正置身在一个称得上巨大的空间里，提米也意识到自己走进了宏伟的“议会大厦”。只是，迷失在地下深山里这件事实在过于离奇。

提米望望金鼹鼠，等待下一步指引。这时大片云朵从深处升起。他听见金鼹鼠又用怪音打嗝，然后开始等待。片刻之后，巨大的空间里充满了萤火虫的光芒，荧光照亮了每一个角落。对提米来说，他似乎置身于银河系之中。

前面可以清楚地辨认出有一条小路，金鼹鼠就坐在路边。令人畏惧的是小路的下方貌似深不可测，而提米有些恐高，于是他小心谨慎地走过去，当他顺着金鼹鼠的视线望过去，眼前的景色令人难以置信。

在漫山遍野微小荧光的映照下，提米面前出现一个圆柱型的巨大洞穴。他能看出脚下这条小路蜿蜒到了对面，接着一路盘旋而上，仿佛这条小路给这个圆柱型巨大洞穴缠上了一圈圈细线。圆柱崖壁四周到处是通往主隧道的孔洞，同一路上看到的一样完美，数量庞大，分布间距均匀，似乎打通了所有空间，下方远端已经延伸进了云层之中。圆柱崖壁表面犹如一个巨大无比的筛子。更神奇的是，一挂瀑布从一个大号洞穴中喷涌而出，奔涌着顺势弯成拱形，倾泻到瀑布下面他们刚刚走过的小路周边。映入眼帘的一切难以表述，他情不自禁地用手圈在嘴两边高喊，

“你好……”连续的“好”开始在“议会大厦”中回荡，很快便融入各种各样的唧唧喳喳、尖声怪语以及水石相激之中，无法辨别。

提米继续往前看，视线慢慢被一根垂直的黑线所吸引，它从上至下穿越了云层，像一根粗电缆，或一条钢丝绳，或者是一根金属桅杆。之前并没注意到，可能是眼睛更关注水平物体的缘故。这根黑线和绕之旋转的白云形成鲜明对照，提米越看越觉得它是一根由金属制成的柱状物，因为它具备工业产品的外观，一节一节由螺栓连接又揭示了它的结构。再顺着圆柱向下看，发现不同角度的光线照上柱体以后，反射出柱体表面的凹槽。

云雾轻盈缭绕，云层时聚时消。恰在云开雾散的一个瞬间，提米仿佛看到一个巨大的圆轮在山间旋转，转眼又被遮挡。

此时此刻的提米和金鼹鼠，就一起守候在一个无比新颖的地下世界的边缘。

众音噪杂中提米听到一声“Pweeze”，他朝脚下的金鼹鼠看去，它蹲坐于地，双臂举起，眼睛上瞧。提米赶紧低身捧起它，金鼹鼠笔直地坐在手掌上，手指向上方。提米向前面那条坡路行进，这时金鼹鼠开始坐下休息，只有它清楚要花多长时间才能抵达山顶。

这条小路和之前沿峡谷而行的土路不同，小路由岩石铺成而非泥土，路上还有横向的沟槽，沟槽里夹杂着细小的泥土颗粒。此外，好像小路已被清扫干净，露出雕刻般棕灰色岩石。一层薄薄的水雾覆盖着小路，路面的沟槽既可以提升抓地力，又可以做为渠道，在路面积水时将多余的水汇聚到路边。路边没有栏杆可以防护东西坠落，提米谨慎地贴靠在岩壁里侧行走。

地下世界里充满着生命气息，提米很高兴置身其中，可以看到各种各样的景象，有飞翔的蝙蝠，有奇异的宽翅飞蛾，还有青蛙和巨大无比的蜻蜓。从下方发出的荧光将一切都沐浴在宁静的光泽里，金鼹鼠在光照下显得异常明亮。很快，他们就走到圆柱洞穴的另一侧，回头遥望曾经钻过的华丽铁门，现在已是影影绰绰。途经的岩壁上，不时可见凿出的小门洞，但大多数紧闭，只有少数的门半开着。

沿途水量充沛，提米和金鼹鼠喝着洁净甘甜的地下水，继续往上登攀。过了一会儿，他们就到达了大瀑布上方，回头望向涌水的洞穴，水流之中混杂了一些萤火虫，水流伴着半明半暗的荧光喷涌而下。

“这是要去哪里呢？”提米一遍遍地问金鼹鼠。

每次金鼹鼠都会向前伸出一只大爪子，同时发出低沉的“Pweeeze”。提米觉得金鼹鼠伸臂的动作，就像老莫里斯小轿车上的车标。

他们继续绕着“议会大厦”往上攀爬，提米时不时停下来看看那根自上而下的黑色金属柱。它在巨大的空间里看起来单薄脆弱，却矗立不动。他猜测金属圆柱一定在上下两端被牢靠地固定住，但这根大柱子有何用处呢？

提米眯起眼睛往上看，尝试着找到上端的固定之处，顺着这条线的确可以见到一个终点，那里一定是柱体的顶部。金属圆柱下端则无法断定，因为下面深不可测。

他们旋转了一圈又一圈，越爬越高，瀑布声渐行渐远，温度却开始下降，全身湿漉漉的极为凉爽。

提米好像听到了鼾声，把手放在耳边，里面传来微弱的声音。他打开手掌，金鼹鼠在提米安全、干爽的手掌里打着小呼噜正在睡觉。他用食指抚摸了几下这只小动物，它的后腿不由自主地抓挠一番。说来也怪，提米渐渐喜欢上了这只金鼹鼠，这只从野外奇遇中就开始相识的塔尔帕。

绕着“议会大厦”，提米估摸着又走了两三个小时，小径蜿蜒而上通向圆柱体顶部。随着接近“议会大厦”的顶部，小路越来越窄，弯曲的岩壁迫使提米更加靠近路边，不久他就得弯着腰行走了。终于，他们走到了圆柱洞穴的顶部，那里倒悬着数万只蝙蝠，偶尔有几只掉下来，就势优雅地飞向洞穴深处。这个高度有许多蜻蜓来沟槽里喝水，当提米靠近时，它们成群结队地飞走，多彩的身体闪出五颜六色的光芒。

提米注意到小路尽头是一个洞口，没有其他的路。洞口很小，看来提米只能用双手和膝盖伏地支撑着缓慢前进，金鼹鼠已经下地前行。提米感觉这个洞口不是为成年人设计的，即便像他这样年龄的男孩，也只够勉强通过。

此时，他又回头瞥了一眼“议会大厦”的顶部。那根奇特的金属柱体已经很清晰，它从上方垂下，柱体顶端有一个八面板，紧紧固定在洞顶上。

很快，提米的前方出现一扇铁门挡住了去路。这扇铁门在设计上和他们进入“议会大厦”的小铁门如出一辙，可是又小了一号。

金鼹鼠发出一声“Pweeze”，提米后退半步，金鼹鼠按动铁门上面的符号，铁门嘎吱一声打开了。大门后面的小路迅速陡峭起来，盘旋着升高，然后回转，就像一支超大号螺旋开瓶器。

尽管提米内心忐忑，不知如何绕着弯攀爬这个角度很小的螺旋洞，但金鼹鼠已经走在了前面，消失在“开瓶器”远方。前面空间黑暗，只有一星半点从“议会大厦”而来的亮光照着脚下。提米听到上面传来刮擦声，还有一些小碎片从斜坡上落下。

他能听到金鼹鼠的呼叫。

提米决定脱下上衣开始攀爬，他尽量将头后仰，然后扭动着身体爬上斜坡，由于空间太小，他很快就迷失了方向。他把湿衣服放在胸前，做着蛇一样伸缩、蜿蜒的爬行动作。

终于，提米顺着斜坡最后一转，他转出了“开瓶器”，上面变成一个小平台，提米终于可以站起来了，虽然还不知身在何处，但是他确信自己回到了地面。

第十五章

邪恶笼罩下的乡村城堡

提米的套头衫啪的一声掉在地上。金鼹鼠此时不见了踪影，但他已经意识到黑暗中有其他东西，一个不规则形状的物体正顶着他的后背。他稍微掸了掸身上的灰尘，眼睛适应了半分钟，他发现光线从后面的缝隙间洒入，他一下子看出横亘在后的是由木条钉成的后背板，有人用它挡住了洞穴入口，他正站在这个被墙和背板封闭的狭小空间里。他低头看看角落，居然发现他的背包在那里，里面还竖着长皮筒。由于空间太小，他呲牙咧嘴痛苦地伸直身体抓住背包的把手。谢天谢地，当他把背包拉起来时，背包的重量告诉他魔盒还在里面。

“这下真可以松口气了，”提米心想，“肯定是鼹鼠们把背包搬到这个安全地方藏了起来。”他勉强穿上了套头衫。

提米从木板缝隙往外看，想看清外面是什么。暖色调的黄光渗透进来，提米一看便清楚了自己的准确位置。难以置信，怎么会在这儿？他认出自己正站在乡村城堡靠墙而立的一排陈列展示柜的后面！

黄色暖光来自保护陈列展示柜内部物品的百叶窗玻璃纸。提米几次路过这些展示柜，他都没往里看，因为百叶窗既不透明，表面也布满灰尘。现在站在后面，他可以看清里面隔架上的物品。陈列柜的背板曾经被撕扯掉一小部分，暴露在外的架子上放着布娃娃似的玩偶摆件。

先不管它是什么，首先是气氛令人恐怖。空气中一股明显的犹如混合了烂鱼的腥臭味，再掺杂上四处弥漫的灰尘，令人不安。光线虽然很弱，但提米对眼前之物产生了不祥的预感。他认出了这些摆件就是鼹鼠，只是这些鼹鼠已被制作成后腿站立的真皮填充玩具。玩具穿着不同的服装，一些个头小的穿上了马甲。有的戴着眼镜，有的在跳舞，还有的围成一桌吃饭，另有一些围着象征欢庆的五月柱跳舞，柱子上鲜艳的丝带已经腐烂，鼹鼠们一动不动地僵硬呆立，爪子伸向五月柱周围不复存在的彩带。

提米脑海中搜索着与博物馆展品相类似的词汇，对，看来是动物标本，有人填充、加工、造型，然后摆出来展示。提米对面前之物感到非常怪诞和悲哀，也许这些是那位非常讨厌鼹鼠的沃西教授的作品。看着死去的小动物，看着它们正在向后凝望的神态，嗅着乡村城堡里裹挟着腐烂气息的潮湿气味，提米突然体验到一种令人惶恐不安的情绪。

“离开这里。”提米告诉自己。

遮挡用的木板已经腐旧，上面布满蛀虫。提米先拉了一下最上面的木条，很容易把它拉断，依次向下，又拽掉了第二块，再往下，直到脚下出现一堆断裂的木板和一地灰尘。提米细心地捡起这些破损的木板，小心地放在旁边，扫清了通道。

从螺旋洞里走出来以后，提米就发现展示柜和墙壁之间的空间非常有限，他的后背只能紧贴墙壁，侧身挪蹭着才能向远端走出去的空挡移动，那里紧邻镜子室。他一只脚被背包带缠住，拖拉着背包走得很慢。厚厚的、满是灰尘的蜘蛛网粘在脸上，好似一张面具，他连举起一只手擦一擦的空间都没有。还要保持安静，别弄出声响，教授极有可能听到了木板折断的咔嚓声，也许正在四处检查。提米估计教授肯定回到了乡村城堡，此时此刻，他可不想撞见教授，尤其是别让教授把自己困在这个窄缝里。提米还惦记着金鼹鼠，它去哪儿了？他心里计划好了，等他从展示柜后面一出来，首要任务就是先溜出乡村城堡，下次和爷爷一起再来。

提米慢慢挪动着，终于接近了展示柜的远端出口。从途经的展示柜背板缝隙里他看到了更多的被填充起来的鼹鼠标本。这时，一个快速移动的物体在展示柜玻璃前急冲而过，迅速分散了他的注意力，他看出那是一只金鼹鼠，它在走廊里奔跑，他艰难地在墙壁和柜子之间转了一下头，正好看到金鼹鼠消失在通向镜子室的门下，然后耳边传来大声的响动。

先是“呜呜”的仪器声音，提米往里退了退，屏住呼吸，教授进入了视线。后面又听到教授的喊叫：“出来，你这个小坏蛋。”

“啪嗒……啪嗒”，疾行的拖鞋声预示着教授的到来，教授在潮湿的地毯上追赶着，戴着提米以前见过的抗扰器，只是这次他还戴了一副黑色护目镜，就是电焊工用来防止眼睛被弧光灼伤的那种护目镜。镜片太黑，教授一定看不到柜子后面压得像壁虎一样的提米。教授手里拿着提米见过的那把铁锹，在提米前方上下摆动。

提米听到走廊尽头的镜子室房门被打开了，一道亮光一闪而过，门随即关闭，乡村城堡又恢复了它的宁静和黑暗。但镜子室里并非如此，从门的下方洒出一道明亮光线，在走廊旧地毯上勾勒出峡谷和山丘图案的同时，也飘出不住口的咒骂声。

提米从窄缝出来，喘着粗气又躲了一会儿，重新盘算了一番下一步的计划。如果逃跑，背包太重，所以他决定把背包留在就近的一个展示柜里，应该没有人会注意到它。他蹑手蹑脚地踏上走廊地毯，只见一根细细的电线拖拉在地毯上，这根电线正在给教授的“呜呜”抗扰器供电。

提米快速跑到乡村城堡门口，决定改天再来。外面阳光明媚，乌云已经消散，天空一片湛蓝。他知道应该回家了，但他心有不甘，魔盒、方尖塔、鼹鼠、教授还有这座城堡，这里隐藏的秘密太多了。这时，他听到里面的开门声以及教授的喊叫："你等着，我迟早抓住你，讨厌的小坏蛋。"

提米赶紧蹲在门廊的阴影里窥视着教授的一举一动，他听到教授上楼时发出空洞的脚步声在大厅里回响。教授拖着的那根电线正松松垮垮地躺在地上，电线可能会引出一个更加诡秘的场所，也许还需要去摸清教授更多的方方面面。现在可以随时逃跑，最低限度已经知道了教授就在电线的另一端。提米在蹲下思考的过程中，注意到自己的靴子沾满了细泥，无论走到哪里，都会留下大泥点，他决定最好把它们脱掉，否则教授可以寻踪而至，紧追不舍。于是，他把靴子藏在走廊外面的旧奶瓶架旁边，那个有植物掩映的僻静角落，然后提米回到乡村城堡里。

提米顺着电线开始追踪教授。

自从见到真皮鼹鼠填充玩具，提米就一直无法平复不安的情绪，甚至他现在就可以得出结论，不夸张地说，这座乡村城堡正笼罩在邪恶中。他希望通过跟踪这条电线，获知这座神秘建筑里正在发生什么，当然，电线也能帮他预警，一旦教授临近，头盔会发出"呜呜"的鸣响。

电线从镜子室出来就弯弯曲曲的上了走廊，然后顺着横跨在大厅中央的那部富丽堂皇的橡木楼梯往上而去。宽大的楼梯两侧各有两座木制雕像，他们都在注视着提米悄无声息的行动。

上到了楼梯的一半位置，是一个可转向两侧的平台，正前方面对着一扇镶着橡木墙板的彩色大玻璃窗，看上去超过8平方英尺。一面深蓝色象征家族或者功勋的纹章盾牌摆放在中间，配有一个黄色卷轴，上面刻有很多看不懂的古老文字。盾牌的两边各有一根柱子，环绕着植物的卷须和鲜红的果实。柱子底座遍布黑点状雕刻，提米走近一细看，竟然发现黑点就是黑鼹鼠雕刻，他还从彩色大玻璃窗中辨认出一些凸起的鼹鼠丘形状。

黑电线顺着楼梯往左转向，中途还与另外一根彩色电线粗糙地拼接在一起延伸着长度，提米也小心翼翼地左转上楼。楼梯台阶上铺着一张设计精美、已经有些褪色的薄地毯，上面用不太入位的失去光泽的铜条棒固定。地毯上很多地方已经磨损，不小心容易摔一跤，提米妈妈管这些破损处叫“陷阱”。偶尔有一滴水掉在面前，提米抬头巡视源头，只见到处都有漏水的地方，这对刚从潮湿的地下迷宫走了一圈的他不是问题。

上面的天花板被分成若干块带有装饰细节的正方形，每块正方形都涂上了颜色，但大部分使用的颜色不多于三种，看起来像一个孩子参照了一个错误的绘画方案。图案上挂着小水滴，等着连成一串开始下落，棕色水痕线条暴露出屋顶漏水的走向。

提米爬上楼梯，空气里到处弥漫着发霉的气味。他的袜子已经完全湿透，然而他很庆幸脱鞋这个决定，顺电线探险的过程中可以完全消音。到了楼梯顶，电线向右转，然后沿着一条宽阔的长走廊延伸直至消失在走廊的尽头，走廊两侧则挂满了画像。正当提米考虑下一步行动时，他听到身后传来一阵响动。他不敢回头，一动不动地站在那里，仅用眼角看出电线在移动，然后从他身边经过，他眼睁睁地看着电线的移动速度加快了一些，心想：“如果教授用头拖着所有电线，份量一定不轻。”

提米跟在电线后面保持着同样的步调往里深入，每经过一幅挂在方形橡木板上的肖像时，他都停下来看一眼。肖像装在同一种镀金画框里，但是所有肖像的脸部都被涂掉了，仿佛有人拿一块湿抹布蘸上颜料，在肖像脸上擦了几把，只剩脖子和肩膀上一部分残留着。提米边走边数，楼道两侧加起来肯定有30幅以上，肖像下面的铭牌也被擦掉，只有一个完好无损，写着“托马斯·爱迪生”。

电线突然停了，然后又猛然间快速抽动，仿佛是家用吸尘器在回收电线，一定是教授按动了某个按钮，电线自动往回收。电线末端“嗖”的一声穿过楼道，抖动着消失在一条看不见的通道里。

接近了走廊尽头，提米小心地观察四周，没几步远就是一堵墙，那里有向下的楼梯，厚重的木制栏杆与刚才上行楼梯的木柱完全一致。然后另一边可以看到一扇关着的门。

他走到门边聚精会神地听了听，里面有窃窃自语和砰砰的响动，其间还伴随着“呜呜”之声。大概是电线的缘故，门没关严。提米蹲下用四肢着地，透过开着的门缝向里看。

里面是上下两层的房间，下面那间的布局和装饰酷似博物馆，天花板上挂着大烛台，暗淡的光亮映照着室内空间。提米从他的藏身之处可以看到戴着“呜呜”装置的教授，教授旁边有一个偌大的绕着电线的放线圆盘。他矮小的身体俯在一张巨大的地图上，地图覆盖着的这张大桌子足足占了整个房间的一半，可地图还是太大，从桌子四边多出的那些边缘部分又用椅子和凳子支撑起来。房间四周的画架上放着大黑板，每一块黑板上都有各种各样的粉笔标记和奇形怪状的象形文字。不管提米怎么努力找角度，他都看不全房间全貌，他想象着整个房间里有一圈黑板。

有几块黑板上粘着像描图纸一样的破旧纸片，里面有一些拓片和教授昨天给他的描图很相似。地板上布满同样的纸片，每张都有精致的图案。教授走到一边，离开了提米的视线，但“呜呜”声和翻动纸张的声响却告诉提米教授的位置。

提米还看到了更多，许多物品，尤其是高处的物品都用防尘布遮盖。教授拿着一个大号放大镜和一捆拓片回到视线里。他把它们摊在地图上方，拉近放大镜，弓腰研究，背对着提米藏身的肖像画廊。

提米站起身来，向室内半高的阳台望过去，与此同时，不知什么缘故，他脚下的地板吱吱作响。教授停下手，慢慢站直身体，提米则赶紧弓着背蹲下。突然，教授转过身，抬头朝向提米所在的方向。提米从门缝闪开之前，看到教授没戴那副深色的护目镜，他已然掀开了面罩。教授嘴里咕哝了几句什么，接着是开关一响，“呜呜”声马上停了下来。

提米清楚地听到教授摘下抗扰器，“啪嗒”一声重重地摔在桌子上。

“我知道你在那里，你这讨厌的害虫。”他听见教授说。

“你看了多少遍，我什么也没有，我说了什么也没有。”

提米猜想有鼹鼠在里面，就壮着胆子快速地瞄了一眼，见教授正急匆匆去拿靠在墙上的铁锹，然后转身要从下层的楼梯上来。

“我这就逮住你。”教授大喊。

提米惊慌失色，起身就跑，他那不带声响的湿袜子让他多费了点力气。他估计跑不到刚才上来的楼梯口教授就会开门看见他，于是跑到一半时看见一扇关着的门，不假思索地伸手就去拧门把手，谢天谢地门开了，他几乎跌进门里，然后快速而安静地关上门躲在门后。

提米倚着门急促地喘着粗气，可以听见教授的脚步声走近，铁锹在地板上发出碰撞的叮当声，随后脚步声渐行渐远。

“真悬，实在太近了。”提米的心还在扑通扑通地跳着。

他等了一会儿回过神来，开始四下张望这个躲进来的房间。房间漆黑一片，寂然无声，令人作呕的怪味似乎在学校生物课堂上出现过。记得是一个炎热的夏天，提米走进生物室，发现教室后面的白色大水槽里有解剖过的蟾蜍丢弃在那里，熏人的臭气难以忘却。“孩子们，离那些爪蟾远一点。”生物老师站在一群正在围观的孩子们后面说。

对房间的好奇很快就使提米的回忆烟消云散。他用手指在墙壁上摸索，摸到了电灯开关。按动开关，好几盏台灯同时发出了昏暗的灯光，照亮了比想象中大得多的房间。

墙上挂满了绘画、肖像、风景画以及自然书籍里面的图页。房间一角摆放着一张卧室四柱床，床上寝具放置于一侧，一件睡袍挂在一根玉米形支撑柱上。奇特的是，这张大床被罩在一个大铁丝笼子里，还有一扇进出的小门，挂锁开着，吊在一个钩子上。提米想到了他的老鼠笼，当然眼前这个要大得多。他又仔细看看大床，确实是睡觉用的，但为什么有笼子呢？这让人迷惑不解。床上放着一台废弃的旧式机械打字机，滚筒上还夹着一张纸。提米伸头瞧了一眼，满张纸上都打着字母“E”。

他抬头一看，新的画面进入眼帘。房间里到处摆着像玩具一样的小模型构件，他数了数小红木桌上就摆放了50多个小构件。他看出这些模型框架就是雕刻家用来制作模型的支撑骨架，每一个都事先摆好了一种要展示的姿势，但是还不具备轮廓上的众多细节，似乎在等待着进一步的完工。

桌子旁边是一排茶叶柜，提米朝最近一个开着盖的走了过去，里面有很多零碎的布料，从灯芯绒到亚麻茶巾，各式各样。茶柜中有一台老式歌手牌缝纫机，金色商标骄傲地印在标牌上。缝纫机周围放着一捆捆废旧的布块，缝纫机针头上放着正做了一半的一条袖珍棕色裤子。

这时房间里一个巨大的灰色煤气炉灶台引起了他的注意。它显得又大又结实，当他走近时，发现侧面有一块儿瓷釉已经脱落。把煤气灶放在卧室里首先就不符合常理，而且谁又会在卧室里放一个这么大的煤气灶呢？提米仔细观察，发现一条丑陋的煤气管道从侧墙进入房间，直接在紫红色地毯上方6英寸的位置横放着，然后煤气管道一个拐角向上，简单随意的与灶台连接起来。

灶台上有一个提米从未见过的超大号平底锅，它覆盖着四个灶眼，锅盖上面是明亮的铝制提手，提手上缠了一块破旧的染色布，以防开盖时烫手。大锅旁边是一个两步梯，提米爬上去，慢慢地提起又大又沉的锅盖，里面是正在冷却的灰色粘状物。一开始，他觉得像浓汤，而且闻起来也有点像。于是他抓起吊在炊具上方的大勺子在里面翻转了几下。勺子碰到了硬东西，他在平底锅底部追上了它，把它从浓汤里捞了上来。提米大惊失色，这是一具闪亮的鼹鼠白骨架，手一抖，它就从勺子滑落下去消失在浓汤里。他迅速盖上锅盖，这太恶心了，他想教授一定把小动物变成了食物。

房间里还有一个陈旧的木制医药柜倚墙而立，上面有许多小抽屉。每个抽屉都用一个圆牌匾标上了从1到113的编号。提米断定医药柜是常用品，因为有些抽屉磨损得比较厉害，一些暗淡的铜绿拉手也被手指摩擦得明亮发光。柜子做工精细考究，能反射出提米走近的身影，这样的一个医药柜很容易让人联想到药剂师。

提米随手拉开一个抽屉，里面装有许多像珍珠一般大小的黑色珠子。他用手指拨了拨珠子，不经意间有几颗蹦到了地毯上。他又随意打开另一个，发现里面是一堆真皮做的娃娃鞋，缝合非常精致，颜色丰富多彩，绿、蓝、黄等应有尽有。此外，每一双鞋都用小皮蝴蝶结系在一起。提米又拉开一个抽屉，发现里面是一堆小马甲。他继续拉开许多，有小手杖、小眼镜，甚至还有一个里面是袖珍摇椅。偶尔里面也有空的，只有一张便签，写着“缺货”两个字。

提米陷入沉思。很快，他的注意力又被放在火盆前的一个干衣架所吸引。炉火已近熄灭，偶尔火中余烬还会伴着噼啪声蹦出几星火花，火盆旁的灰色大铁桶装着待用的、劈开的木头。

他要走过去看看干衣架，这个东西绝对不同寻常，比家用的干衣架使用的金属条多得多。猛一看好像正挂着一条毯子，上面还有几百个小夹子。仔细凑近一看，大毯子不是一块儿整料，而是由若干个等大的长方形组成，逐个精确地夹在一起，没留缝隙。他伸手去触摸，直觉已经告诉他那是什么。

动物毛皮。

他本能地把手缩了回来，意识到近在咫尺的就是鼹鼠皮，是成百块毛茸茸的鼹鼠皮。他从干衣架后面绕到前面，余火的微光还在皮毛上明灭闪烁，其中有一张格外醒目，是一张金色鼹鼠皮，提米的心马上一沉。这是提米的金鼹鼠旅伴吗？这里就是将一切秘密终结的地方吗？没有小小金鼹鼠的指引，他只能迷失在自己的想象里，纵然心有所向，也只能是两眼如盲。

提米方寸大乱，不由地后退几步。煤气灶台前的一根拨火棍横生枝节，绊得提米一个趔趄就失去了平衡，在身体笨拙地倒退过程中撞到了灶台上大锅的边沿，大锅也就势在煤气灶上晃了几下，静止片刻之后，“咣”的一声如响锣一般，大锅砸到地板上。在震耳欲聋的声响衬托下，溢出的黏稠液体和骨架滚向地板的各个角落，就像打出一记保龄球后带出一堆其他连环撞击，提米不由自主地用双手捂住了耳朵。

第十六章

狭路相逢

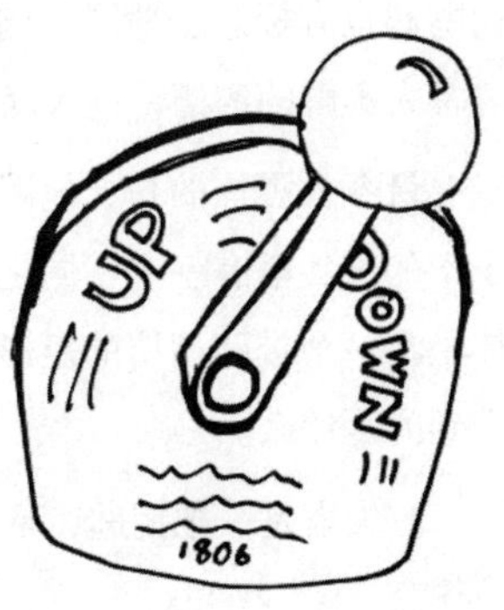

如此巨大的响动必定会招引来教授，藏身之地恐怕已经暴露，继续躲下去并非上策，提米拔腿向门口跑去。他先慎重地打开一条门缝，左右看看通向两边的走廊，一条顺着中央楼梯下去就是一层大厅，再从前门出去，但教授刚才走的就是这条路，也许选择第二条出路更明智。他迅速沿着走廊进入刚才教授待过的博物馆似的房间，走进下面一层。

现在他面对着一屋子刚刚偷看过的黑板，近距离可以清楚地看到黑板上奇怪的粉笔记号，他立刻认出那些方尖塔和魔盒上都有的符号。提米一边寻找着藏身之地一边看了一圈黑板，指望从凌乱的纸张和粉笔涂鸦中再获取一些清晰的线索。到了最后一块黑板，他发现这是教授的一个总结，并绘制出一张精致的地图加以说明，提米之前搞不明白的环节，现在通过地图就一目了然了。

地图中心位置就是乡村城堡，城堡的穹顶被四周群山环绕，城堡大门、绿色拱门通道甚至空中的白嘴鸦也有标志。地图一侧标注着提米跑向森林的那条路线，地面上画着常人不解的沟槽，进入森林以后，以一个X表示活板门。

最令人震惊的是，地图的另一侧是一幅精准的方尖塔绘图，但与镜子室的方尖塔有一个不同之处，这座方尖塔从八角形底座开始延伸，整体坐在一个带凹型槽的矩形上，在地下迷宫走了一圈的提米立刻明白他看到的是什么。

方尖塔是一把钥匙，是一切的核心。

真是奇思妙想，但目前为止无法理解这个奇妙想法到底包括了什么。难道在什么地方安装了一个巨大的钥匙孔？还是说方尖塔仅仅是一个什么象征而已？

提米没有更多时间胡思乱想了，已经感到移动的脚步在逼近，教授从上面的走廊向这里走过来。提米急迫地四处寻找藏身之地，但是都不理想，逃不过教授的眼睛，情急之下突然发现室内另一边有一扇门，旁边有一个盖着护罩的大柜子。

他向着这扇门就冲了过去，不幸的是，肩膀搭上了柜子上垂落下来的护罩，提米用力一拉一甩想摆脱，谁知护罩刷的一下从高处脱落，他被迅速堆积在脚下的护罩绊了个大跟头，重重地摔在地板上，但他噌的一下就站了起来，刚要迈步接着跑，就在那一刻，他瞥了一眼壁柜里的东西，过目难忘。

这是一副精雕细刻、惟妙惟肖的立体微缩模型，显示了一个地理剖面，仿佛将乡村城堡和地表下方切成两半，清清楚楚地揭示了提米刚走过的从地下迷宫盘旋而上的“议会大厦”的内部构造和自然结构。

在上方室内灯的照射下，山体山脉银光烁烁，圆柱形山体洞穴的偏下位置，一座与山体比例不协调的大水车静静地靠在崖壁上，其上方不远，一个巨大的玻璃瀑布保持着倾泻而下的姿态。一面螺旋形斜坡从山体顶部直通乡村城堡，这不就是几个小时前艰难攀爬的那个山洞吗？山路上摆了几只不同站姿的填充鼹鼠，它们都用责备的小黑眼珠盯着提米，一只头上戴着假发，穿着像法官，另一只像拄着小拐杖的驼背老人。眼前的一切，山体、洞穴、水车、瀑布，还有出自113个小抽屉里的填充鼹鼠，提米都一目了然，来龙去脉也一清二楚。

提米欲罢不能，无暇逃跑。他盯着模型截面，试图弄明白具体细节上的含义。无论如何，教授完全掌握了地下结构，知道乡村城堡正矗立在一座圆柱形山体洞穴之上，或许教授和肖像走廊上那些脸被涂抹的人物一样，曾经或者正在寻找一些常人无法想象的特别之物，而教授已经掌握了解密的钥匙，但是还要有锁，锁在哪里？将要打开的是什么？

就在这时，提米听到楼梯口上传来一声大喊。

“你这小子，”教授发现了提米，“你在这儿干什么？难道你不知道这是私人住所吗？”教授气得满脸通红，使劲探身靠在栏杆上，仿佛随时都要栽下来。四目相遇的瞬间，提米拔腿就跑，幸运的是门一推就开，提米一迈步，惊讶地发现这不是走廊或者房间的入口，而是一个可上可下的旋转楼梯。他本能地想往下跑，但是一个金属护栏挡住了去路。

教授声嘶力竭地大叫：“停下，停下，别往里走，别往里走。”

提米决定往上跑。他绕着旋转楼梯飞快地往上跑了一段，出现了另一扇小门，他打开门，外面阳光普照，他站到了乡村城堡的屋顶平台上，这里面积宽阔，彰显出乡村城堡的恢弘气魄。提米紧张四顾，看看还能往哪里跑，上方是一个巨大的玻璃穹顶，就是教授曾经说过的，设计者将其巧妙地隐藏在城堡四周高大外立面之后，它美轮美奂、八面玲珑、古色生香，但玻璃的属性恐怕也容易四分五裂。

提米快步向前，经过屋顶平台上几个被风吹倒的烟囱帽，看到一架上通穹顶的金属阶梯，穹顶上还有一个环形水平金属平台，围着穹顶绕了一圈，最后通过小型龙门架竖立一个不大的观景平台。

提米晃了晃金属阶梯的电镀把手，这架阶梯并不牢固，因为梯子下端装上了脚轮，大概目的是让阶梯可以绕圈旋转以便于清洁穹顶玻璃。

提米小心翼翼地爬上阶梯到了平台，然后跑到观景平台下面，觉得那里应该是一个藏身的好地方。窄小的金属梯在他的重压下吱吱嘎嘎地弯曲着，好像很久没人踩过。很快，他就登上观景平台，蹲下躲了一会儿，也稍微喘息片刻。然后，他慢慢站起来，朝远处望去，一阵疾风吹得他几乎透不过气来。

眼前美景令人称奇。他的视线越过屋顶、草地直至整个村庄，视野逐渐开阔，他眺望着乡村城堡四周连绵的山丘和远处的森林，心中恍然大悟。这些实景就是教授画在黑板上的图案线条，乡村城堡的位置、山丘、沟壑、森林、河流以及汇入土层以后的地貌，所有这些都以某种方式与方尖塔和魔盒相互存在关联。提米转身朝下面的房间望进去，一开始，骄阳照射下的房间异常苍白，很难看清任何细节，但他慢慢地辨认出渡渡鸟后背上模糊的光晕，看到了方尖塔默默地静立在房间中央。

这时，他听到了下面传来慌慌张张的喊叫。“提米，你必须得帮我一把。”教授抬着头用恳求的语调说，“你已经知道了这个秘密，我为解开这个秘密已经等待了一辈子。”

“该死，我被发现了。”提米心里说。既然无路可走，他努力先让自己保持镇静，不露慌张之色，琢磨一番教授刚才说的话。教授表达的是什么意思？秘密？我并不知道太多秘密呀，对已知的一些也是一知半解，自己还一头雾水呢，怎么能比教授还清楚？

提米从观景平台顺梯子下到金属平台，赶紧跑到穹顶的另一边，希望离下面的教授远一点。他可以从玻璃面看到教授凹凸扭曲的影像在下面移来移去。

“下来吧孩子，下来，你会摔下来的。”

提米这才发觉自己身处险地，脚下的金属平台发出可怕的、令人惊恐的晃动的声音。

“好吧，教授，我可以下来，但前提是你离阶梯远点。”

“退后点，教授。”提米走到阶梯上方朝下喊。

教授在屋顶平台上后退了几小步。

提米喊道：“不行，再往后退，否则我不下去。”

教授又向后退了几步，手搭凉棚遮挡住刺眼的阳光，抬头望着提米的腿脚举动。提米开始往下挪步，扭着头目不转睛地盯着教授。下梯比上梯的感觉更恐怖，因为提米感觉到晃动幅度更大。

提米走到了最后一级，当一只脚开始着地、身体转向面对教授的一刹那，教授突然冲了过来，两臂前伸，双手像鹰爪一样张开。

“现在我能抓住你了，你跑不了了。”

教授一只手触到了阶梯上的电镀把手。

提米手抓着把手，另一只脚还蹬在最后一级阶梯上，踉跄着身体向后躲闪，他一屁股压在一根从最后一级阶梯伸出来的横杆上。“咣”的一声，随着一阵快速抖动，沉默的阶梯开始工作运转，阶梯抖动把教授抓电镀把手的一只手给甩了出去，提米也一脚悬空，这架阶梯恰逢其时地转起来了，提米庆幸它带着自己躲开了近在咫尺的教授。

阶梯绕着穹顶隆隆作响，摇摇晃晃地转动着，提米抓紧电镀把手，是时候跳下去了，不然一会还会转回到教授身边。提米从穹顶玻璃面里看着教授扭曲的身影渐渐消失，他一下子跳了下来，接着就是茫然四顾，寻找逃跑路线。继续转动的阶梯惊动了一只孤独的白嘴鸦，接着是一群鸽子也振翅飞向天空，而屋顶远处的角落里也出现了动静。

那里有一扇敞开的弧形小门，小门旁边的阳光下，只见金鼹鼠正疯狂地挥动着它船桨一般的大爪子，示意提米赶快过去。那扇弧形小门嵌在城堡一角的一个圆角楼中，圆角楼顶部是一个尖塔，提米毫不犹豫就跑了过去，此时金鼹鼠已经跳进圆角楼。当提米跑近，他看到里面却是一个仅够两三人站立的封闭空间，根本没有出口，金鼹鼠站在地面一个小方盒子上。难道金鼹鼠也是漫无头绪，开始误打误撞？

见提米跟进来，金鼹鼠就像搅动空气一样示意提米关门。弧形小门关上，光线随之暗淡，只有一个小窗口可以见光，狭小的空间微微摇动，提米感觉脚下并不牢固，最令人吃惊的是，透过小窗可见教授正朝他们走来。

金鼹鼠在他脚边打了一个嗝，以引起他的注意，提米赶紧顺着大爪子的指向看，刚才太紧张了，墙上这么大的“上”和“下”两个字居然看不见。一根美观的铜杆把手，斜角向上，就像邮轮栈桥上常见的那种标着“上”“下”的动力拉杆。

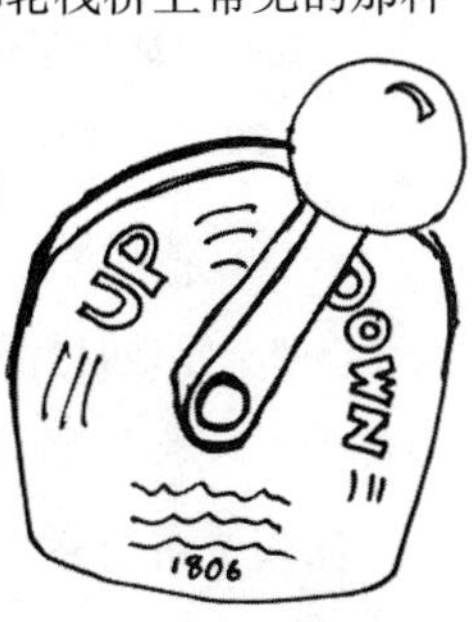

UP
DOWN
1806

提米不假思索攥住铜杆就往下推。他们乘坐的箱子突然晃动了一下，然后缓慢下落，这是电梯，是金鼹鼠在绝境中指点了迷津。电梯启动的同时教授也走到了门口，他狂躁的脸凝视着小窗口，嘴里大喊：“开门，开门，我知道你在里面。”提米都能感触到他说话时喷出的热气。

他们乘着沉闷的电梯悄无声息地下降，教授还在上面怒气冲冲地捶着电梯门。电梯在中途透了一次光，经过了一条走廊，然后就摇晃着减速停了下来。提米转动门把手开门，他和金鼹鼠一起跳出来。很快，身后的电梯门重新关好，传来启动声。他们没有更多的时间，教授马上就会下来。

电梯停在一个提米没有到过的大房间里，最显眼的是一堵墙上豁开了一个大洞，好像有些墙体已经坍塌，令提米吃惊不已。微风正透过这道城堡里的伤疤，为潮湿的室内环境输送着新鲜空气。

“Pweeze，Pweeze。”金鼹鼠在提米脚下急促地发出呼唤，然后向前跑去。

提米跟随着金鼹鼠左拐右拐，很快就到达了乡村城堡前门。提米一步冲出大门，外面的太阳强光瞬间刺得他睁不开眼。

不知从哪儿传来了女人的声音：“你好，年轻人。”

是邮局里梳着发髻的妇人露丝普，此刻她正坐在乡村城堡的台阶上，提米上气不接下气地向她走过去。

“您好，请帮帮忙。”提米喘着粗气弯下腰，双手放在那对瘦削的膝盖上，嘴里说，“我需要您的帮助。”

露丝普站起来，出乎意料地的用力抓住了他的手腕。

“你不停地打扰教授，对吧？”她嘴里啧啧了几声，“我们现在不能有那个了，是不是？”

露丝普布满皱纹的脸上带着愤恨，说话的语气中透着尖刻和严厉。

提米被吓得不知所措，过了一会儿才缓过神来，开始使劲挣脱。

“放开我，你弄疼我了。”提米叫着。露丝普脸不变色，手不松劲，只用冰冷的目光盯着他的眼睛。

“弄疼你就对了！”露丝普说着，突然“嗷”了一声，抓着提米的手腕却丝毫不放。她又“嗷”了起来，然后低头看自己的脚，拉得提米也只能俯身向下。

金鼹鼠不知何时出现在露丝普的脚下，它正用大爪子像拳击手一样击打她的脚踝，一部分长筒袜已经破烂脱落。眼下情急时刻，金鼹鼠的一些滑稽动作却显得格外英勇。

“哎哟。”露丝普想尽快踢开金鼹鼠，但它抓牢破烂的袜子站在她的鞋面上，继续又抓又打她的脚踝。

她不得不暂时松开了提米，专心对付金鼹鼠的袭击，却还在堵着提米跑向花园。提米转身就跑进了大门，他冲进熟悉的黑暗走廊，打算在镜子室躲一躲，刚到门口又一个折返回来了。

魔盒！他突然想起放在展示柜里的魔盒。提米迅速转身去取藏在柜子里面的背包，拽住背带拉出背包，继续跑向镜子室。金鼹鼠也摆脱了露丝普，跟着跑了过来。提米停在镜子室门口，耳朵贴在门上听了一下，室内没有教授的动静。明亮的灯光依然从门下缝隙中倾泻而出，只有轻柔的光影共舞，教授应该不在。

提米打开门，他们快速进入室内。由于光线太强烈，提米立即遮住眼睛，他回身摸索着找到插在锁孔里的钥匙，转动一下咔嚓锁上门，至少先拖住教授别进来，再好好想想下一步怎么办。

他缓慢地转过身，从手指缝观察房间里的情况，过了一会儿眼睛开始有些适应了明亮的环境。渡渡鸟仍然在恪守职责，站岗守卫，但背灯已经暗淡，前面听过的嘶嘶声也随之消失。搭盖在房间中央上方的油布已经无影无踪。房间燥热难耐，提米通过脚上的湿袜子都能觉察出来。方尖塔依然稳稳站立在房子中央，地面锁住方尖塔的小金属夹都在发热。

提米放下背包，心里纳闷为什么光线这么强，上次来光线可没到这个强度。突然，他发现了异常，室内所有小镜子都调整了角度，一起把光线反射到方尖塔的圆顶上，而不是像以前那样各种角度的反射。他抬头仰望乡村城堡宏伟的玻璃穹顶，从那里他看到的室外风景与室内金属制品有紧密的联系，阳光共同聚焦于一个方向，就在房子中央这个神奇的方尖塔圆顶上。

提米听到来自地面低处的声音，他低头看看自己的周边，是金鼹鼠发出的。它正兴奋地围着方尖塔狂转乱舞，看来它还沉浸在与发髻妇人英勇搏斗、勇救提米的喜悦中。

提米还在适应着又热又亮的环境，嘴里一直喃喃自语："真是太亮了，也太热了。"

这时，金鼹鼠停下了环绕方尖塔转圈的脚步，它席地而坐，两爪拍击，发出静静的声响，提米在地下迷宫里见识过金鼹鼠相似的动作，这意味着下达指令。

看来，一件异乎寻常的事情将要发生。

第十七章

锁孔守护者

随着金鼹鼠发出指令，提米环顾了一圈布置在房间四周的镜子，看到镜子上沿位置有一些阴影在晃动，链条和滑轮叮当作响地开始启动，镜子的焦点也逐渐从方尖塔上偏移了角度，闪烁的锋芒开始收敛，光线强度和室内热度随之下降。头顶上镜子的角度也在变换，一直移动到水平位置才停止，这样它们不再将阳光聚焦在方尖塔上，光线在房间里变得纵横交错，正如他之前所见，尘埃也飘浮在一个个明暗相间的光影格子里。

几分钟以后光线恢复正常，提米走到墙边的镜子后面，想观察一下谁在操控、怎么操控。他看见一只黑鼹鼠正在启动一组镜子，稍远处的镜子后面还有一只黑鼹鼠。镜子室这么多镜子，一定有好几百只鼹鼠，它们正耐心等待金鼹鼠的后续指令。

提米听到脚下传来一声“Pweeze”，他转向背包旁边的金鼹鼠，只见它郑重地拍打着背包，然后钻进包里，伸出头，又缩回去。提米蹲下打开背包，金鼹鼠抬起头来，一只巨大的爪子搭在包着布的魔盒上。他拿出魔盒，放在铮亮的白色大理石地板上，然后把最下面装有睡鼹鼠那层分开。提米已经明白，如果想更多地解密方尖塔，必定要从唤醒几只熟睡的金鼹鼠开始。

他又从背包里取出“棒棒糖”钥匙，插入薄盒边缘三角符号指示的锁孔，然后把它放在地面上，像从前那样等着盒盖自动弹开，小盒盖伴随着咔哒声一个一个打开，他又唤醒了三只睡鼹鼠，这次能感到开启过程特别顺畅。提米拿起“棒棒糖”，在口袋里放妥当。

金鼹鼠凑近他的身边，伸出手臂指向方尖塔，然后又做个手势，提米理解了它的意思。金鼹鼠紧贴着他的脚边，一起走到方尖塔前，他把魔盒上同样的三角形符号，依次靠近方尖塔边沿上对应的三角形符号，塔身上的延伸臂慢慢伸出。

不出所料，方尖塔圆顶上的雕花金属小门咔哒一声打开了，提米再一次见识了这个室内神奇之物的关键之处。金属小门打开以后露出了仍然被遮挡的钥匙孔，但是此次方尖塔启动以后的响动与上次不同，或许是因为三根延伸臂都露出来以后自动开启了某个机关的缘故，提米听见方尖塔内发出了混合了铃铛响声的嗡嗡轰鸣，他一下子想起上次塔身里发出的刺耳尖叫，此时想避免或者躲避都为时已晚。

方尖塔发出了非常雄厚的“Pweeeeeeeeeeeeeeeeeeeze”，声音就像深沉的管风琴。提米本能地伸手捂耳，失手将魔盒掉落，魔盒掉下来砸中装有熟睡金鼹鼠的薄盒，睡鼹鼠滚落到地板上。在持续的噪音中，方尖塔呼呼向外吐着热气，好像内部正在清理许久未用的机械装置。房间瞬间被浓雾吞没，随之又迅速消散，仿佛被房间里活跃在各个方向和角度的光束切成了碎片。声音如此之大，教授必能听见无疑，甚至整个村庄都能听到。临近尾声，方尖塔又发出一阵令人难以忍受的尖锐啸叫，之后便转入平缓直至安静。

“Pweeze，Pweeze。”金鼹鼠激动地叫嚷着。提米从渐行渐远的噪音中听见了金鼹鼠的呼唤，他放下捂住耳朵的双手，当耳膜从尖利的声音中恢复时，低沉的声音还在耳中嗡嗡作响。

“教授听见了吧？”他说给金鼹鼠，也说给自己。

“我们是不是该走了？”

提米嘴里说着，手上已经赶忙拿起了魔盒和打开的薄盒子，看看有没有损坏。都还好，外表上没有任何损伤，倒是大理石瓷砖被砸下一块碎屑，睡鼹鼠随意地散落在地板上。

提米的内心已经十分紧张，甚至是惶恐不安，如果让教授听到方尖塔的声音，他现在肯定走在来镜子室的路上了。

提米想了想，他把两件东西都放下，还是尽快离开这里为好。这时候金鼹鼠跑了过来，它先触碰了地上一动不动的睡鼹鼠，又跑到魔盒边，来来回回几个往返，提米清楚它的意思，于是他走过去拿起睡鼹鼠回到魔盒旁边，金鼹鼠紧盯着他的一举一动。

提米跪下把睡鼹鼠放到盒盖上面的爪印符号上，最上层的盒子如以前一样一下子弹开了，提米小心地把这一层盒体取下来，放到一边。金鼹鼠跳到打开的盒子上，取出小眼镜，开始细致入微地观察金属景观上岁月风化的符号标记。然后金鼹鼠像一名管风琴演奏家一样，开始在金属上按动若干符号。一阵奇怪的钟声齐声奏响，声音美妙，要是换个场合，提米听起来一定感到非常悦耳，可是现在，他耳朵紧张地竖着，唯恐听到愤怒地敲门声。

金鼹鼠倒是不急不慌，它最后按下半球旁边的三角形符号，片刻停顿，紧接着一个铃声响起，魔盒第二层也弹开了，速度之快，弹得金鼹鼠都蹦了起来。

金鼹鼠高兴地蹲坐在地，两只大爪子无声地拍打在一起，屋子里的黑鼹鼠们也在各个位置上现身，它们都在鼓掌，整个场景令人感动和陶醉，但是并没有发出掌声，好像每只鼹鼠都戴着手套鼓掌祝贺。

提米往开启的盒子里看了看，他能从缝隙里看到盒子内部金属上一些深度风化的错综复杂的图案，但还有别的东西，盒子中间是一根金属管。他小心地把这一层盒子从整体魔盒上拿开，放在地板上其他几个单独的盒子旁边。一对比就很明显，最上层盒体展露出来的是微缩圆顶，新打开的这一层是微缩圆顶的颈部位置，再瞥一眼方尖塔，两者顶部极为相似。

新盒子的表面图案细节与黑板上教授研究出来的另一张草图相匹配，这次是从森林上方俯视的景象，有网状的树枝和树叶组成，图案中有一块空白，上面一个小圆环附着在小正方形上，那是地下隧道的入口标识。金鼹鼠过来查看一番，指着小正方形舱门，然后抬头看看提米，做个向上的手势。提米用指尖夹住小圆环拉动，咔哒一声，下一层盒子也弹开了。

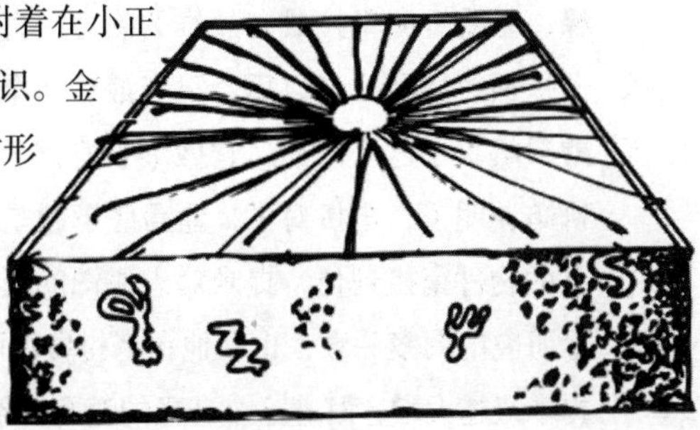

提米同样把这一层盒子也放在地板上，与其他盒子排列一起，再仔细一看，他终于看到了盒体内一副方尖塔微缩复制品的大模样，盒内的微缩方尖塔犹如沐浴在阳光下，光芒四射，不怒自威，彰显核心地位。他试着拿出微缩方尖塔，但它纹丝不动。他拧一拧，推一推，无论怎样都没有松动，也许它根本就不能从盒子里拿出来。

提米无计可施。金鼹鼠好像看出了提米的束手无策，它发出怪音打个嗝，马上从墙上下来几只大个头的黑鼹鼠，一起排队接龙，顶着盒子开始推，高度抛光的大理石地面辅助着小个子工人们，盒子滑动起来变得轻松省力。

在一串咔嚓声、打嗝声之后，那层装着微缩方尖塔的盒子被推到了实体方尖塔周边一处明亮的小广场上，当盒子逐渐靠近目的地，提米可以察觉到一股来自盒子自身的磁力在发挥加速作用，最后咔嚓一声与地下的力量贴合在一起。

金鼹鼠在盒子剩下的三个侧面之间穿梭，然后停下脚步，抬头观察提米是否理解。提米点点头表示明白，他拿起剩下的几层盒子，放在微型方尖塔盒子的周围，开始平面拼装。先装第一个盒子，他试了试不同边缘，感受着向里拉或向外推的磁力，直到咔嗒一声准确入位。提米将盒子平面拼接在一起以后，只有最后一个盒子的盒盖看起来有些异样。金鼹鼠解决了这个问题，它做个手势，示意提米把盒盖翻过来，这一下就柳暗花明了，全拼对了，盒盖底下就是最后一块全景图案的拼图。当所有的物件衔接到位，提米对大拼图的图案象征一目了然，既与教授黑板上研究的图案一致，也和他在乡村城堡屋顶上所见的地形地貌高度吻合。提米兴趣大增，盯着这个奇怪的谜图，希望从中捋出更多的启示和线索。

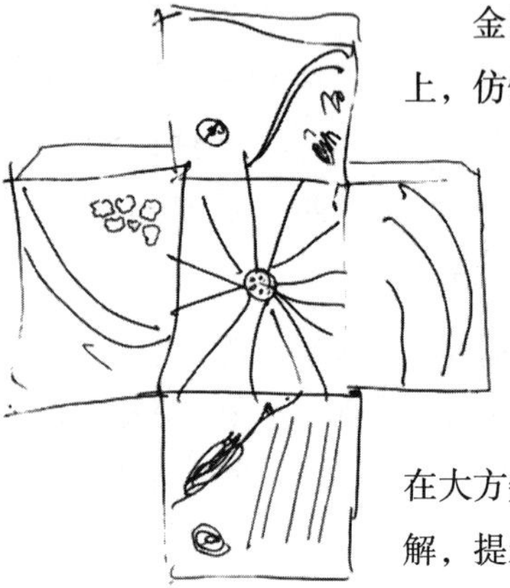

金鼹鼠慢慢地爬过他的手，然后爬到盒子上，仿佛告诉提米，它完全读懂了提米现在心中所想。它朝微缩方尖塔走去，像只猫似的绕着方尖塔模型转。

提米已经预感到盒子里的小方尖塔可以解锁大方尖塔，它的末端一定是可以进入锁孔的钥匙，而对应的钥匙孔就在大方尖塔圆顶上。接踵而至的谜团得到连环破解，提米完全始料未及。下一步如果他能开启这把钥匙，就离解决又一个谜团更近了一步。

他又一次抓住小方尖塔并转动它，这一次有明显的松动感。他想，一定是盒子所在的位置使它产生了松动。

提米又转又拉，突然到了一个合适的角度，它从盒子里脱颖而出，落到了提米手里。绝对是钥匙的末端，这一部分藏在了金属边缘的下方。现在，提米掌控了开启大方尖塔的钥匙。他一动不动地坐了一会儿，思绪有点乱，他真的准备好把它插入方尖塔圆顶了吗？还是等爷爷到达以后？

金鼹鼠有了新举动，打嗝拍手，这意味着抓紧行动。四周等待的鼹鼠们迅速消失在各面镜子之后，一束束细小的光线使整个房间变得生机勃勃，酷似一场激光秀表演。一组动静交织的光线打在方尖塔上，清晰地勾勒出宽檐平顶上的小脚印。

提米仍然攥着钥匙，从盘腿坐姿到起身观看亮光照射下的方尖塔细节，金鼹鼠要展示给他什么？还没容他思考，另一组光线闪现，将散落在地板上的睡鼹鼠沐浴在长方形的光幕里。

金鼹鼠带着一丝疑惑看着他，好像在问："提米，塔尔帕选择了你，而你能否胜任？"

提米打定主意，不再三心二意，他把钥匙在兜里放好，就去把散落在地板上的三只睡鼹鼠小心地放在一只手上，然后走向了方尖塔。他轻柔地将睡鼹鼠足部对应放在光束勾勒出的小脚印上，在方尖塔的引力下，每一次接触都发出令人欣喜的咔哒声，完美入位。当第三只睡鼹鼠就位后，方尖塔又一次嗡嗡作响。提米站在跟前，从嵌在表面的圆玻璃片中看到方尖塔塔身以及塔体内部正在发生些许变化，宽檐平顶以极低的速度开始转动，它似乎变身为一只巨大的机械手表，表芯里的机械轮组、滑轮和凸轮都开始运转，这些运转带动着每个圆玻璃片内的显示盘上的数字时隐时现。

方尖塔内大块金属的碰撞声、轰鸣的钟声抑扬顿挫，提米无需猜测，已知惊天之事将要来临。这时候里面有个重物释放掉落，撞击的钟声足足持续了几分钟，突然之间，室内重回沉寂。

提米逐个观察玻璃片，里面显示了不同数字，而且很明显看出是数字1至8。他轻按了第一个数字1，按键往下的行程很短。玻璃片里的数字1离他最近，其他数字则无序排列，需要提米从宽檐平顶上找一圈。他转着圈，就像给保险箱解锁，每按下一个按钮都会发出咔哒声。提米走近最后一个8号玻璃片，他稍作停顿，此刻他已心知肚明，这些数字肯定有重大意义。但是为什么会逐个显露？为什么如同按动开关按钮？

提米按下了最后一个数字，他得到了答案。

一阵呼啸声响起，塔身内部好像释放了最后一块关键部件，一声巨响把提米吓了一跳，整个房间都开始嗡嗡回荡。正在紧张观察情况的提米，视线扫到了方尖塔圆顶打开的雕花门前的钥匙孔，曾经遮挡钥匙孔的小挡板突然消失，钥匙孔露出了原始的面目。

提米探头往钥匙孔里看，漆黑一片，他随机应变，眯起一只眼，可也没有什么发现。提米盯着钥匙孔，略微一沉思，突然有醍醐灌顶之感。“棒棒糖”上的小椭圆盘里曾经在空中浮现的三句话——等待熟睡中的它们，紧贴足印，锁孔守护者——都在暗示解密方尖塔要从睡鼷鼠开始，现在一一得到了应验。

提米从一系列紧张快速的变化中稍微缓和了一下情绪，想想短时间内怎么发生了这么大变故。猛然间，他的脑海里蹦出教授，教授一直穷追不舍，还有发髻女露丝普，这两位面露邪恶的大人，他们看见他沿着走廊跑进了镜子室，然后这里一阵震天动地，不可思议的是他们为什么现在还不敲门？

这令人迷惑不解。沉思中的提米仿佛听到头顶最上方有一点响动，传来一阵刮擦声，仔细一听，又出现一声微弱的玻璃破裂。他抬头一看，一个小东西正从镜子室玻璃穹顶往下掉落，看不清是什么，它在空中闪闪发光地旋转着跌落下来，一块长方形小玻璃映入眼帘，最后摔到大理石地板上，摔得粉碎。

提米往上凝视寻找。金鼹鼠发出了奇怪的声音，上下左右的黑鼹鼠们开始骚动，鼹鼠们操作一番以后，镜子位置有所调整。提米转向金鼹鼠，见它爬上了方尖塔的宽檐平顶，过来挨着他站好，它抬头盯着上面，然后打出一个嗝。

指令一下达，各组镜子集中发出的光束射向穹顶。提米立刻分辨出教授和露丝普的面孔轮廓，他们一直在高处监视着下面的所作所为，还拿着双筒望远镜窥视着提米的一举一动。

提米看到俩人还没来得及收回脸上的狞笑，无数眩目刺眼的光芒便击中了他们，两人同时发出一声惊叫。鼹鼠们继续将更多的光束射向穹顶，形成一道强光遮挡墙，屏蔽了他们的监视。他们肯定会从屋顶下来冲到房门口，不知这道门锁能抵抗多久。

金鼹鼠突然蹦出一串“Pweeeeeeeeeeezzzzzeee”，好像在说：“看在老天保佑的份上，咱们开始吧。”

它慢慢地踱到方尖塔钥匙孔前，轻拍几下，然后转向提米指着他的裤兜。提米拿出钥匙给金鼹鼠看，金鼹鼠咧嘴一笑。

身后突然传来砰砰的敲门声。“开门，开门，快开门。”提米听见教授大喊大叫，砰砰又敲了两下门。

事已至此，别无选择，提米遵从金鼹鼠的操作指令之前，深吸一口气。“那就开始吧！”他给自己鼓劲。他把手中的钥匙插入了方尖塔圆顶的钥匙孔，然后顺时针转动，随之一声钟声响起。

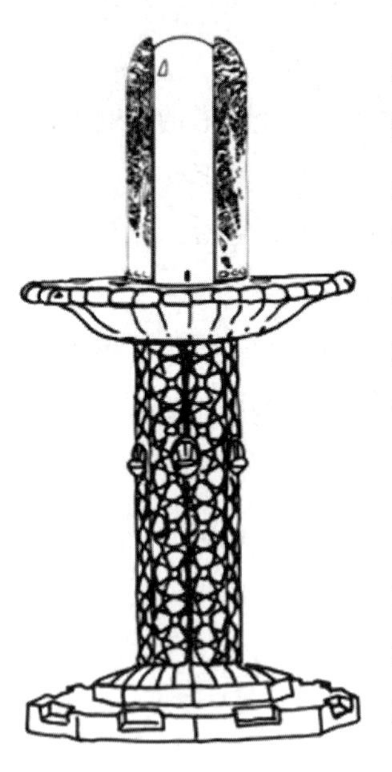

圆玻璃片按钮下的显示盘又转动起来，有些玻璃片下的显示盘停了下来，上面不再显示数字，而是出现一些奇怪的符号，当最后一个显示盘完全停稳，宽檐平顶冒出几面小珐琅旗帜，白底色，红字母，表面上或多或少还有一些磨损痕迹，似乎他们曾经弹出过多次。每个旗帜上面写有不同语言的文字，只有一个提米认识，写着：

“把门移开。”

目前唯一能想到的门，就是那扇在黄铜圆顶上起保护和装饰作用的雕花金属小门。提米抓住门一拉，感觉易如反掌，于是他往上一抬就下来了，安全地放在地板上。

刚刚执行了这个操作，小旗帜附近突然又冒出几面旗帜，上写：

“将钥匙转动两次。”

提米按照指令转动了两次钥匙，每转动一次，都会伴着铃声响起，然后是咔哒声。黄铜圆顶晃动几下并伴随自身的轻微旋转，紧接着里面又传出来锣声。

更多小旗帜标志像烤面包机里的面包片似的，从宽檐平顶不同位置上弹出来。

“请移开。”

金鼹鼠无比欢快，伸出胳膊示意“向上”，提米领会这是要移开黄铜圆顶。他双手抱紧，把它抬了起来，但到了一半，卡在了尚未暴露的内部结构里，提米踮脚尖尽可能地高举，终于把黄铜圆顶拿了下来，同样放在地板上。

砰砰的敲门声愈加疯狂。提米跑到门口侧身听了一下，门外有小声交谈，但听不清内容，这时一个清晰的声音穿门而入。

“提米，提米，立即住手，先开开门，你这个傻小子。”露丝普在高喊。目前锁着的房门是安全的。

提米回到方尖塔，发现移开黄铜圆顶以后露出了另一个银色圆顶，宽檐平顶将光线完全反射到银色圆顶上，可以看到图案发生了奇怪变化。

他现在可以清楚地看到银色圆顶上浮现三个符号。他看看玻璃按钮里是否也有，果然，一共有三个圆玻璃片下面的显示盘就是这三个符号，另外五个没有反射到银色圆顶上。提米按下对应的按钮，按到了最后一个时，好像什么机关又被激活了，方尖塔塔体里响起一声低沉的锣响。

刷刷刷冒出了几面小旗帜，这次是警告的语气。

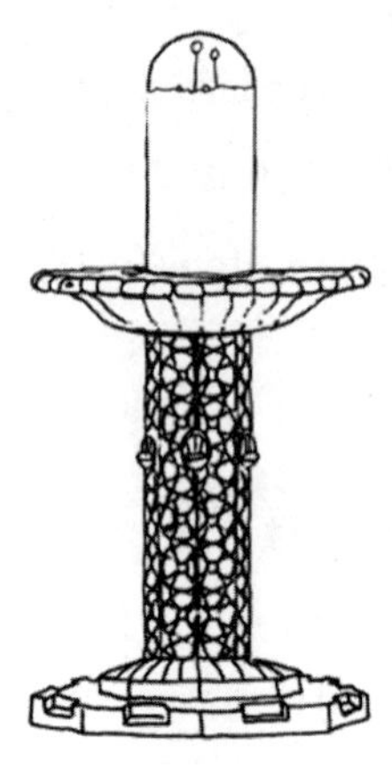

“远离。”

方尖塔深处声响飘荡，不是钟声的敲击，也不是滑轮的滚动，就是变速齿轮在换挡。银色圆顶似乎正在消失，反射材料也在逐渐消退，这些消退的材料围着圆顶的玻璃罩缓慢下沉，很快在圆顶的颈部变成一圈银领。

提米意识到它一定是液态金属，也许是水银夹在了玻璃圆顶外层和里层之间，现在它正在慢慢消失，显露出里面的物体，并且是处于运动中的物体。虽然眼下还不能看清，但目前尚不透明的玻璃圆顶里确有旋转物。提米不顾“远离”的警告，走上前要看个究竟。

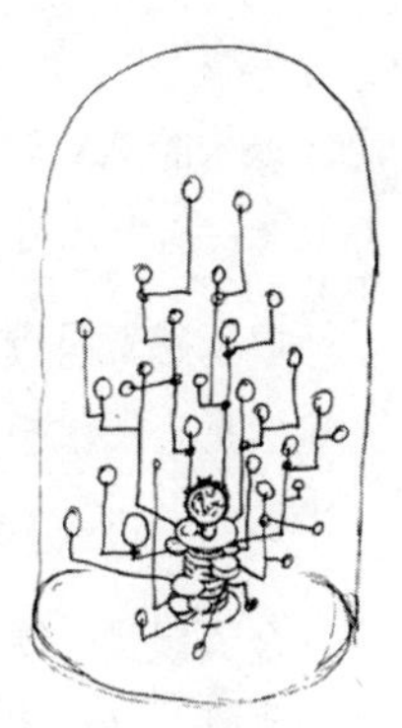

里面就像一只复杂的钟表内部，嘀嗒作响，各种杠杆摆动，齿轮旋转，弹簧忽松忽紧，滑轮上下移动，令人目不暇接。提米辨别出更多细节，他看到很多小圆球绕着一个中心球体不停旋转，中心球体与一根由多层结构组合起来的中心轴相连，如同星座模型或是太阳系模型。提米依稀记得，在大英博物馆曾经看到过一个类似的装置，显示太阳系中行星和卫星围绕太阳旋转的相对位置和运动轨迹。

提米完全清楚目前面临的局面，方尖塔已被彻底激活，没有回旋余地，只是依然不解它的作用和目的何在？还有一些其他谜团有待破解。无论如何，方尖塔里一定有某种不寻常的能量。

当水银完全消失，在圆顶里面的底部，呈现出一幅色彩绚丽的圆形图画。提米认出这是珐琅材料所制，鲜亮夺目，永不褪色。圆形图画的中心位置有一根设计精美绝伦的中心轴，固定着提米已经见到的中心球体。再仔细一看，这个中心球体的外围，居然还有一个同样由这根主轴固定住的更大的中心球体，只是它不易辨别。奥秘在于它的球面呈网状结构，球面由细腻的金属丝钩出无数纤细的网格，圆球好似优雅地漂浮在空中。

方尖塔里传出一声嘹亮的钟响，紧接着释放出一个巨大的“Pwwwwweeeeeeeeeezzzzzzzzzzeeee”，声音如雾笛，宏大而低沉。后面紧随而至的是撕心裂胆般的警报尖啸，提米吓得心惊肉跳，不由得倒退几大步，后背几乎靠到了门上。真是来无影去无踪，骤然间，各种轰鸣戛然而止。

怪不得没听见敲门声，现在外面正在砸门，教授一定在用重物砸门，提米能感觉后背上的力量。提米踌躇着，毫无头绪，下一步该怎么办？“砰砰”声又停了下来，他听见俩人在小声交谈。

提米感觉脚踝上有敲动，他低头一看，金鼹鼠正坐在他的脚上，敲击显然是金鼹鼠想引起他的注意，它做了个遮住眼睛的动作。

“你想让我做什么？”提米疑惑地问。

金鼹鼠又一次躲猫猫似的蒙住眼睛，提米也遮住眼睛，听到连续不断的喧哗。他情不自禁的从指缝里瞥了一眼，看到鼹鼠们都消失在镜子之后。突然间，他感到房间里热了起来，亮度很集中，所有镜子的焦点都重新聚焦在方尖塔上，光线强到能看见手指上的骨头。

提米等了几秒钟，然后光线强度变暗，脚踝又被敲了一下，他透过手指缝往下看，金鼹鼠示意他不用再蒙眼了。

除了一阵强光，似乎什么也没发生。方尖塔依然矗立，渡渡鸟仍旧

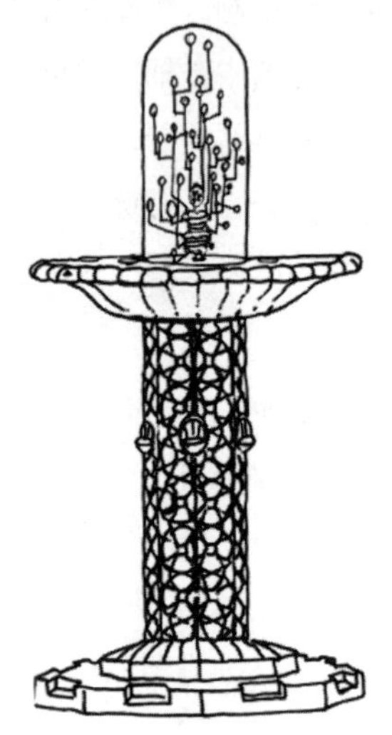

沉默不语，但等了几秒钟，圆顶里面似乎发生了什么变化。提米走过去，他看到方尖塔圆顶中央的圆球周围有一团小火苗在闪烁摇曳。火焰并不大，正在球体周围各个位置舞动，绿、紫、红、黄，颜色鲜艳生动。提米想象是聚焦的光束点燃了塔内的某种物质。金鼹鼠呼唤他，并做出一个婴儿般的动作，希望提米抱起它。

提米弯下腰让金鼹鼠爬到手掌上，贴近他的脸，金鼹鼠露出无比灿烂的笑容。一会儿，金鼹鼠在他手掌上转过身去，他们一起注视着方尖塔，火苗已经变成热烈的火焰，越来越亮，提米全然忘掉了歇斯底里的砸门声。

方尖塔响起悠扬的钟声，提米脚下一颤，地面下方出现轻微震动，而且越来越强，犹如一台机器在地板下面开始工作。伴随着深沉的低吟，夹杂着微弱而缓慢的传输泵的声音，震动感明显开始加剧，仿佛一台巨大的光束引擎发动机进入了完全运行状态。

房门外的砰砰、当当、喊叫声不绝于耳。

地面下方受到挤压而产生断裂的声响越来越大，机器产生的低频噪音也越来越强，提米无法想象声源出自何处。乡村城堡里没有任何设施能够产生这么大的噪音、声响以及震动的强度。强烈的噪音仍然无尽无休，这时房间里仿佛响起一声清脆的枪声，紧接着地板上崩开一道裂缝，提米不假思索地护住金鼹鼠。

瞬间，方尖塔地面四周尘烟四起，一片厚重的烟雾中，方尖塔塔身开始晃动。

方尖塔晃动了几下，开始缓慢地下降。薄雾紧随着渐渐消散的烟尘从地面缝隙涌出，并以一种怪异的形状在方尖塔四周萦绕。不久，伴随炸雷一般的轰鸣，地面迸开并出现了一个洞口边缘，提米对惊天之事的发生已有准备，确定声音发自乡村城堡下的空旷深处。其后，随声而至的是一层厚厚的乳白色雾气，如同海雾，在地面上空六英寸的高度浮动盘旋，并像舞台烟雾一样蔓延到镜子室的各个角落。

洞口放射出一道异彩的奇光，似乎就是提米在地下洞穴里看到的微弱橘黄光。室内的震动还在进一步加剧，提米走到墙边，背靠着墙坐下来。声响还在持续加大，提米先小心地把金鼹鼠放在身边，然后自己捂住耳朵。方尖塔一切就绪，进入到机械下降运行模式，不再颤动，不再摇晃，只有从容地降落。慢慢悠悠间，方尖塔的下半部分已经消失在地面之下。提米出神地望着它，洞里放出的彩光映照在宽檐平顶下美丽的柱身上，凸显技艺精湛的工艺细节，如同落日余晖温柔地洒在宏伟的历史建筑上。玻璃圆顶里的中心球体继续旋转着，闪烁的火焰越来越明亮。方尖塔继续下降，当宽檐平顶抵达大理石地面时，八角形暂时封闭了地面大洞，屏蔽了机械噪音和其他声音，房间重归安静沉寂，光线一如以往。

短暂的寂静中，提米才注意到敲门声、叫喊声一直此起彼伏。

“快开门，快开门，你都不知道你在做什么。”愤怒的两个人在门外嘶喊。门把手使劲摇动着，钥匙在锁孔里咔咔作响。

提米内心洞若观火，知道自己力所不及，这里的巨大能量远超教授他们愤怒的拳头。只能静观其变，别无选择。

宽檐平顶向下穿过了地面，震耳欲聋的声音重现，汹涌的云团在地面下方赭色光线的照射下翻滚着冲出洞口。

方尖塔继续下沉，圆顶内美丽摇曳的火焰与提米视线平行，当火焰完全消失在视野中，一股小型飓风似的旋风刮进室内，墙上的镜子猛烈地晃动，大理石地板上的白雾突然被风卷起，从6英寸瞬间升起16英尺并开始旋转，房子中间形成旋流。所有镜子尽情摇摆着捕捉并弹射出阳光，纵横交错的无数光束投射到提米头顶上的彩云。

突然几只蝙蝠从洞里冒出来，在房顶拍打着翅膀划出完美的圆弧。几只蜻蜓也哼唱着飞出洞口，色彩斑斓的身体冲撞着镜子的光芒，把美丽的紫罗兰、红色、绿色和蓝色投射在墙壁上。

这时，地下深处一部被激活的神秘机械装置发出了雷鸣般的动力泵抽吸声，整个房间都随之震颤，提米觉得他体内的骨头也在随着强劲的节拍产生了律动。

方尖塔完全消失了，提米渴望亲眼目睹它去了哪里。他靠着墙，金鼹鼠还在身边，洞里发出的光更加明亮，照到悬在空中的云朵上，如清晨的朝阳。“人们都说清晨的天空呈现红色就是对牧羊人的警告，今天真是暴风骤雨的一天。”他自言自语。

房间里充满了生机，有蝙蝠、蜻蜓、小青蛙、飞蛾、昆虫，更多的小生物从洞里逃出来。而室内旋流再加上更多上升风的助力，已经演变成龙卷风，把所有小东西都吹到了玻璃穹顶上，房间里有太多的东西在旋转，提米不知道这房子还能容下多少。他闭上嘴，避免在漩涡中窒息。

几百只黑鼹鼠从镜子后面陆续跑下来，镜子有节奏地摆动着，鼹鼠们小心翼翼地经过房间中央的八角形洞口，大理石地面上挤满鼹鼠，被风一吹，仿佛一张毛皮地毯随风起伏。很快，它们消失在远处门的各处缝隙里，仿佛被看不见的花衣魔笛手吸引走了。

突然，几道小闪光出现在厚厚的云层上，紧接着，弧形闪电击中了镜子后面的机械，打出了电火花。上面是电闪雷鸣，下面的机器轰鸣，提米无助地弯下身体，还不忘护住金鼹鼠，他能感觉到小小的身体在他身边颤抖。

终于，房间高处发出一声大爆炸，接连几次，提米猜测雄伟的玻璃穹顶被狂风和各种旋转物给冲破了。那一瞬间，房顶上聚集的所有东西就像香槟酒瓶的软木塞伴随着有力的开启，嘭的一声从穹顶上喷涌而出。机器轰鸣声依然不绝于耳，但狂风渐渐平息。

乌云消散，阳光重现，薄如蝉翼的云朵飘浮在上方。

提米伸展一下身体，几只困在衣服上的蟋蟀跳开了。噪音终于渐弱，他安抚着小金鼹鼠。然后，带着惊恐，提米提心吊胆手脚并用爬向洞口，金鼹鼠也凑过来和他一起趴在地上往里望。

可以看见方尖塔还在慢慢下降过程中，已经很深，几乎看不清任何细节，但方尖塔四周的景象不陌生，他俯视着地下巨大的圆柱洞穴，几个小时前，他和金鼹鼠曾经从这里经过。

从轮廓判断，他知道方尖塔落向了他绕着岩洞攀爬时特别关注过的那根金属柱体，它就是在乡村城堡与山洞、阳光与地下之间运载方尖塔的升降装置。提米现在明白了就在乡村城堡下方深处，存在于一个峻峭而巨大的地下空间，绿色覆盖的山峦，气势磅礴的瀑布，如烟似雾的彩云，当然还有生命，这一切和谐共生。

一架巨大的水轮转盘在崖壁边缘缓缓转动，提米可以看到水轮上方几百英尺高的大瀑布，通过水流下降的力量推动着转盘，运动的水轮转盘又驱动起一台他无法想象的超大摇杆引擎发动机，这些实景与教授研究室里撞见的立体模型完全吻合。

方尖塔在深洞里白云的衬托中只剩下一个小点。

玻璃穹顶上的大洞让地下自然风从新鲜潮湿的土壤中升起，散发出温暖芳香的微风，它驱散了瀑布上的大量雾气，提米能够看得更低、更远。“我想知道大山洞的底在哪里？”他问着金鼹鼠，眼睛并没离开山体。他继续俯视山峰，尽管山坡陡峭，但每座山都被绿色覆盖，不知道草是怎么生长的，也许不是草，只是地衣或苔藓。山峦的形状不似完全出自天然，可能是人造产物，但规模如此之大，谁又能造的如此广阔无垠呢？

提米又一次冒险尝试着往下看，他看到一张奇怪的绳网，横跨陡峭的山谷，并将山峰分开。它似乎被拴挂在靠近山顶的位置，像绳梯一样连接一起，形成一个犹如大型马戏团里的安全网。仿佛是幻觉，但这张大网确实固定在山上。当提米和金鼹鼠一起在地下迷宫中跋涉时，也许云雾太重，他并没有注意到。

现在，打开洞口的乡村城堡好似打通了一座生命洞穴，让飘渺的浮云和坚实土地上的一切都开始变得清晰明朗。他被这完美的景色惊呆了，山间懒洋洋的浮云时隐时现，他观察到有一面陡峭的悬崖上密布着许多排列规则的方形洞，这面原本绿色的山体似乎被什么力量撕开了，从而裸露出光秃秃的表面。

“也许山是金属制造的。”提米心想。

这时，方尖塔塔尖上发出一束亮光，无法看清细节，只是由暗淡渐渐加强至明亮，直至刺眼，提米不得不把目光移到广阔的崖壁上。哦，一个个偌大的黑色圆盘绕着洞壁顺时针旋转起来，这是方尖塔圆顶里网状球面结构所投射出的光影，黑盘光影在崖壁上、洞穴间移动着、盘旋着，方尖塔仍在缓慢下降。

终于，几声响亮的“哐啷”声在山谷回荡，仿佛一直运行的机械进入了啮合锁定状态。这时，浩瀚的山体洞穴燃起了璀璨耀眼的灯光，旋转中的投影强度陡然提升十几倍，并且还在加强，从方尖塔圆顶网状球面投影出去的成排成列的光束，打在山体崖壁那些分布得密密麻麻的小洞上，投射的光点阵与洞口完美吻合，提米不由地惊叹，在地下广阔的崖壁上出现一面巨大的网格墙。

崖壁上面的网格有规律的一亮一灭，提米看出明暗变化并不是来自方尖塔圆顶发光的强弱转换，而是网状球面穿过每个崖壁小洞产生的效果，这是什么效果呢？提米仿佛联想起某些装置，突然间茅塞顿开。

灯塔！

方尖塔就是一座灯塔，是万千灯塔中最宏伟的一座，但为什么会建立在这里？这座精心设计的灯塔，要成为鼹鼠在巨大洞穴中的指路明灯吗？难怪鼹鼠的眼睛都那么小。光线仍在加强，旋转的中心球体像匀速的行星一样，发出舒缓相间的光束，并完美地穿透、抵达每一条洞窟深处。镜子室的作用也昭然若揭，先利用镜子聚焦光线，去点燃方尖塔圆顶球体，并最终产生出点燃灯塔所需的能量。想到鼹鼠的灯塔，提米不禁笑出了声，没有灯塔，鼹鼠们怎么在漆黑的地下找路呢？不知它们在黑暗中生活了多久，现在这个无人知晓的地下世界里为它们升起了一轮太阳！

第十八章

灰飞烟灭

正沉浸在灯塔新世界遐想中的提米，被一声令人惊恐的爆裂声惊醒。他和金鼹鼠一起离开洞口站起来，迅速退到房子一角，无意中撞上低处悬挂的几面镜子，引来一阵叮当作响。

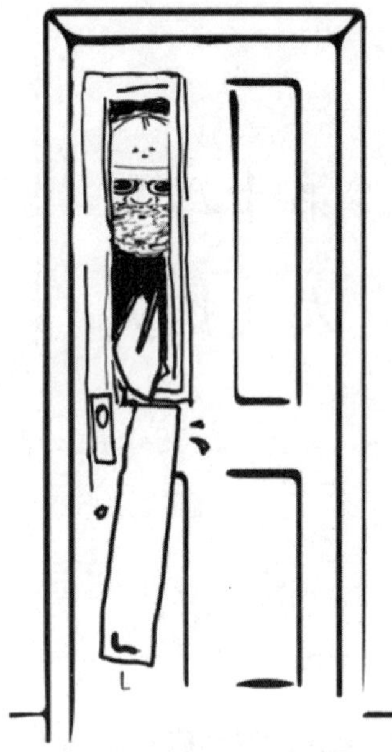

一件金属器物终于打破了门板，木板碎片迸裂一地，提米看见教授动用了那把拍打鼹鼠的铁锹。门上的缺口越来越大，愤怒的呼喊声越来越清晰，门上一块挂在合页上的嵌板晃动几下向里掉落。铁锹撤了出去，教授涨得通红的脸，瞪着眼睛透过门洞愤怒地环视着房间。

“你这愚蠢可恶的笨孩子，”他大吼着，“我所有的心血都白费了，都毁了，你辜……辜……辜负了我。”

他的脸缩了回去，换上露丝普的另一副面孔。

“你这爱管闲事的孩子。一切都完了，你根本就不该来这里。你毁了我们，你没遵循教授的计划，”她嚷嚷着。

“计划，什么计划？”提米心中一片茫然。

她的脸也从门洞缩回去了，铁锹继续往里砸了几下，然后教授把手伸进来，转动了提米留在锁孔里的钥匙，房门终于开了。金鼹鼠还站在提米脚边。

“跑，快跑！”提米对金鼹鼠说，自己却一动不动，金鼹鼠离他太近，提米生怕踩上它。

疯狂的教授高举着铁锹走进房间，似乎要拍向提米和金鼹鼠。但他进来一抬头，惊诧万分，穹顶上部已经消失，只有几块浮云悠哉游哉地悬于高处。

“你们干了什么？”他有气无力地喊了一声，铁锹从紧握的手中掉了下来，重重地砸在地板上。

“全没了。”站在教授身后的露丝普抬着头说，手抓住了教授外套的下摆。

提米稍微向左挪动一下，想趁机溜出房门。

“哦，别想。”教授看出提米的意图，堵住左边的出口。

“对，这次绝对不行。”站在房间右边的露丝普一唱一和。

洞口喷出的雾气变成众人头上旋转的云朵，映照着依然从洞中散发出来的光芒。发自方尖塔的光束依然明亮，转瞬之间，一条固定光束穿洞而出，射向建筑顶部，直冲云霄。

提米低头瞧一眼金鼹鼠，它已不见踪影。

“你老实待着别动。”露丝普嗓音嘶哑地说，“看着教授。”

教授弯下腰重新拿起铁锹递给露丝普，她凶狠地把铁锹举到提米面前，好像手中端着一支上了膛的来复枪。

教授朝洞口走了过去，然后跪下来小心翼翼地靠近洞口往里看。

露丝普连珠炮似的发问：“你看见什么了？你看见什么了？”

一连串的“E”发音向教授袭击而来，他赶忙用双手捂住耳朵，继续探身向洞里张望。

这时，不远处传来一阵令提米头皮发麻的呼唤声，由高到低，“哦哦哦哦哦哦哦……”提米仔细辨别，“哦哦哦哦哦哦哦……”又由低转高，这是平时很熟悉的声音。

稍一停顿，呼唤声又起。

“哦哦哦哦哦哦哦……是提米吗？”比丽丝姨妈高喊着，“你在里面吗？”这时，韦利突然率先蹿进镜子室，沾着泥的四条狗腿就像穿了一双泥袜子，奔跑中的韦利冲力十足，一头撞上了屁股朝天、双手捂耳、头朝下探并与洞口近在咫尺的教授。不幸的是，教授的双手再做任何动作都为时已晚，他瞬间失去了平衡，头朝下被韦利撞进了洞里，从镜子室里消失了。

“啊……”从洞里传出一声深长的惊慌惨叫。

露丝普吓得失声尖叫，她扔下铁锨，像教授一样跪在地上快速挪向

洞口朝下张望。

韦利兴奋地在室内狂奔了一大圈，见一个人藏了猫猫，一个人又等在了原地，它看出来“这是一出好玩的大戏”，于是它又快速冲向跪着的女人身后，两只爪子就势一顶露丝普的臀部，毫无防备的露丝普竟然也被推了进去。

伴随着教授和露丝普在洞中跌落，室内还能听到两人的一片哀嚎和露丝普微弱的哭声。提米赶紧冲到洞口，俯身和韦利一起盯着掉进洞穴的教授和露丝普。很快，这一对邪恶的男女消失在盘旋于山峰间的云层之下。

提米目不转睛地盯着下面，教授和露丝普的哭喊声越来越大，尔后两人如幽灵般从云层里冒了出来，然后再次下落，提米甚至还看到了他们在下跌中脸上的惊恐万状。

“下面真有网。”提米明白过来，心里肯定地说，“一定是先前看到的挂在山顶上的大网。”这张网如同一个巨大的蹦床，教授和露丝普被这张网接住以后得救了。

他们又反复出现了几次，最终从视线中消失。

这时提米身后传来熟悉的声音，

“Pweeeze。”

是金鼹鼠，提米定了定神才把视线和注意力拉回到发出小小声音的地方，声音来自墙裙边打开的一个小墙洞，小洞口露出了一根控制杆。

“Pweeze。”金鼹鼠又叫了一声，拍打几下爪子，示意他们离开大理石地面上的洞口。

提米和韦利后退几步，金鼹鼠把控制杆往下一压，突然，一块白色大理石地砖摇晃着从下往上把洞口堵了起来，堵得那么彻底，根本看不出那里曾经开过一个大洞。

提米看了看刚才还在的洞口，回到金鼹鼠身边。金鼹鼠两只大爪子一起拍打着，突然停了下来，奔向提米抱了抱他的脚踝，很快消失在门下。宽大的墙裙板咔嚓一声关上了，遮住了控制杆，房间里恢复了以往的平静。

“哦哦哦哦哦哦哦……”比丽丝姨妈又从走廊那边叫了起来。

“这里有人吗？提米，亲爱的你在里面吗？”

韦利看了看提米，又看看已经完全封闭的洞口，脸上露出一种合伙密谋的神情，此时此刻，如果它能把爪子放在唇边示意提米别透露秘密，它一定会这样做。

比丽丝姨妈到了，她缓慢地经过那扇遭受重创的房门。

“哦，韦利亲爱的，你可找到他了。我的天呢，怎么遍地狼藉呀，提米，再看看这扇门。”她从包里掏出一条腿的眼镜，仔细查看受损的地方。

“你见到教授了吗？你爷爷霍勒斯让我问问你。”

提米心里斗争良久，是不是要把教授和露丝普的事告诉姨妈？

“噢，没有，姨妈，我没见到他。”提米回答。

韦利吼叫起来。

“韦利，亲爱的，你叫什么？你要快点去方便吗？”

比丽丝姨妈通常就是以这种方式问韦利是否需要上个厕所，得到了回应的韦利消失在走廊里，它急匆匆地向着乡村城堡外跑去。

“亲爱的，霍勒斯跟我一起到了乡村城堡，他的轮椅上不来前门台阶，就停在前门那了。老实说，乡村城堡房顶上飞出的东西把他吸引住了，在黑烟滚滚中还伴随着明亮的强光，我们认为是城堡里的烟囱冒出的烟火。”

“爷爷来了？”提米惊讶地问。

“是啊，亲爱的，他搭上早班火车来的，也没通知一声。”

提米喜出望外，顾不上姨妈，匆忙跑去见爷爷。

霍勒斯坐在乡村城堡台阶下的轮椅上，双腿盖着毯子，眼睛还凝视着城堡上空间歇飞出的一些物体。

又是那熟悉的笑声。

“玩得开心吗孩子？”他会意地眨眨眼睛。

“我有太多话要对您说。”提米跑得上气不接下气。

爷爷把一根手指放在嘴唇上，

“等会说，孩子，等会说。”爷爷点着头示意提米，比丽丝姨妈正从他的身后走过来。

“我说提米，你看见那些沉闷枯燥的大壁柜里面的奇怪雕像了吗？多像禽类，如果它们是啮齿动物，我辨认不出是什么。”

提米一听姨妈的话就笑了，但他突然止住了脸上的笑容，他想起乡村城堡里的魔盒。

“哦，我忘东西了，你们先待在这儿，我马上回来。”提米说。

提米跑回乡村城堡，沿着长廊跑进镜子室，魔盒已经组装完好并放在地板上。

“真是奇怪。”提米思量着，抱起魔盒夹在腋下转身正要离开，耳边的嘶嘶声让他停下了脚步。

渡渡鸟的背灯亮着，精致的乌玻璃灯罩已经破碎，火焰正在赤裸裸地燃烧，在无拘无束地摇摆中轻柔地浅吟低唱。敞开的穹顶吹进了微风，缓缓敲打着墙上的镜子发出叮当、叮当微弱的撞击声与嘶嘶之音呼应着。除此之外室内再无任何响动，机械噪音已经荡然无存，教授和露丝普的呼喊声也消失殆尽。

提米走出房门回身把门关上时，被教授用铁锨打坏的一大块挂在门上的嵌板掉在地上，门锁随之咔嚓一声神秘地把门关好。

他沿着黑暗的走廊往大门口走，走到前厅一半位置的时候，他突然意识到身后发出了很亮的光，亮得都能在前面看到自己的身影浮现。提米回头发现掉下嵌板的镜子室里有动静，出现了亮光，不是来自镜子的亮光，而是黄色暖光，显而易见出现的是火光。

提米跑了回去，他想打开门，但门已被锁得结结实实。他从掉下嵌板的门洞往里看，惊恐地看到渡渡鸟喷出的火焰高耸如柱，火焰散发着极强的热量，可以闻到物体烧焦的味道，还能听到门板在高温下发生着崩裂，刹那间，白色的浓烟挡住了他的视线。这时外面传来大声呼喊。

“提米，提米，着火了，乡村城堡着火了，快出来，孩子，快出来。”

爷爷在外面惊惶失措地呼叫着。

韦利突然出现在提米脚下，慌乱不堪地上蹿下跳，提米和韦利转身沿着走廊向前厅跑去。温度在急剧上升，潮湿的地毯上开始冒出水蒸气，陈列柜上的玻璃纸卷了起来，露出已经开始燃烧的鼹鼠身影和玻璃眼睛，五月柱起了火，法官的假发已被点燃，每一次呼吸中都有令人窒息的头发烧焦的味道。韦利跑到前面很快便没了踪影。

大火飞快地蹿出镜子室，提米头上浓烟中产生的火焰爆炸将他在走廊上扑倒，直接摔在地板上，紧随着一阵余震的咆哮，仿佛整栋建筑处于极度痛苦之中。他本能地扔下魔盒捂住脑袋。只一瞬间，他就从震惊中恢复，挣扎着爬了起来，意识到自己被四周的火焰包围了，火舌卷着烟雾从陈列柜里、天花板上、覆盖百叶窗的木板上呼啸而来。

提米迅速抱起魔盒就跑，很快就跑到了城堡入口处的大厅，火焰已经沿着那里的天花板窜上了楼梯。楼梯上那扇污迹斑斑的窗户先是断裂，然后向前倾斜，像一道冰瀑一样摔在楼梯上碎裂开来。火光中，提米瞥见远处那些被毁容的肖像画框也点燃了。乡村城堡火势如此迅猛如此之快，建筑里到处充斥的阴暗潮湿根本无法阻止火势的蔓延。幸运的是，大门敞开着，提米健步冲了出去，韦利兴奋地鼓着掌，围着提米像一个弹跳器一样，不停地又跳又叫。

提米、姨妈和爷爷一起站在乡村城堡的台阶下面，看着从穹顶上冒出的一柱浓烟。

“着火了！”提米说，“可是教授和露丝普小姐还在里面。”

爷爷和姨妈交换了一下充满震惊的眼神。

“我去找人求助。”比丽丝姨妈说完就和韦利沿着小路走了。

“过来点吧，提米。”爷爷边说边把自己推到一个安全距离，嘴里说，“这么近不安全。”

大火蹿出房顶，从不同地方喷吐的火焰都在熊熊燃烧，乡村城堡的前门以及每一扇窗户都冒出了浓烟。提米心知里面所有奇妙的艺术珍品都将被摧毁，所有的研究成果、无数地图和隐于其中的种种奥秘都将付之一炬。他庆幸教授和露丝普至少避开了乡村城堡这座地狱，也许他们在地下迷宫深处是安全的。

提米和爷爷看着眼前的一切，忽然发现周围也出现了动静。

“你看。”爷爷平静地说。

他们周围的地面上一个一个地涌现出鼹鼠丘，起初只有几个，没多久周围地面上已经是星罗棋布，密密麻麻，每个鼹鼠丘上都站着一只黑色小鼹鼠，观看着乡村城堡熊熊燃烧的场面。

从爷爷的轮椅底下传来一个声音，是“Pweeze”。

提米抱起金鼹鼠，见它指着爷爷，就把它放在格子呢毯子上，此情此景让爷爷眼中滚落一滴老泪。金鼹鼠像一只正给自己打理床铺的狗一样转了几圈，然后和其他鼹鼠一道坐下来观看。

远处传来了警笛声。

很快就听到了喊叫声，但没有车辆能靠近。提米预料到了这个局面，此时此地到处布满鼹鼠丘，一辆重型消防车不可能通过有上千个的小洞穴路面，况且一个坍塌，另一个又会出现，不住地阻挡在消防车通往乡村城堡的路上。鼹鼠们迫切盼望乡村城堡被烧成灰烬，根除这位疯狂教授所行的迫害鼹鼠之事，阻断无数代智者们在这里开展的可能伤及鼹鼠的研究课题。

黄昏已至，在光明与黑暗的轮转交替中，烈焰冲天的建筑显得异常壮美。在蔚蓝色的天空背景衬托下，这一座陈腐建筑原本深藏不露的细节现在都被勾勒出轮廓，图书室里燃烧着的书籍尽情释放着黄色火焰，让隐蔽在含铅玻璃里的细微之处也尽展无余。

城堡侧面的墙壁一个接一个向里倒塌，如同在执行一次精心编排的内爆流程，随着碎石瓦砾的跌落，一大片炽热的余烬伴着灰尘、裹着浓烟迸射而出。木头燃烧发出的噼啪声，似乎为这一场巨大的篝火增添了一支催眠曲。很快，只剩下建筑物的正面完好无损。

火势渐渐高升，乡村城堡在熊熊大火下显得异常渺小。暮色黄昏已过渡到夜幕降临，大火似乎为乡村城堡注入了一线生机，火光照亮了残存的几扇窗，里面仿佛正在举行着聚会。

喊声越来越近，提米看到一群戴着亮黄色头盔的消防员拖着一根又大又沉的水龙带从绿色通道跋涉而来，他们不时停下来喘口气，然后再继续前行。

一声巨响，每个人都停止脚步，注目观望。

巨大的声响从地下传来，就像有人按下了世界上最大的一台教堂风琴上的最低音键。

地面开始轻微晃动，众多的鼹鼠丘因地面震颤而变得平坦如初，这就像一场地震。

鼹鼠们步调一致，迅速消失在自己的鼹鼠丘里。当他们重新从通道中挖回地面时，一道道光束从一个个洞穴喷射而出，一瞬间四周的地面上放射出万道光芒，宛如地面倒转成天空，不计其数的星星在其中闪耀。

声音停下了，这一瞬间，提米和爷爷置身在一个巨大无比的星座中

央，目光所及之处繁星点点，横贯竖穿。

紧接着，数以万计的鼹鼠丘逐个坍塌，明亮的光束也随之一个接一个地熄灭，乡村城堡四周留下了超乎寻常的平坦地面。鼹鼠和鼹鼠丘都消失不见了。

除了一只。

娇小的金鼹鼠注视着眼前发生的一切。它在爷爷的毯子上轻轻摇了摇，抬头看了看微笑的霍勒斯，它没发出任何声响，只是相互凝视片刻，便彼此分享了珍藏在心底的秘密。然后它转向提米，做出一个示意抱起它的动作。提米放下抱着的魔盒，让金鼹鼠爬到手掌上。乡村城堡的火烧得正旺，提米可以感到热气扑面，火影婆娑中的景象令人毛骨悚然。城堡周围一片嘈杂混乱，很多村民赶来观看这场地狱之火。

金鼹鼠突然做出一个手势，示意提米把它放回地上。它开始在地上挖洞，很快一束光就从它身后突然迸发出来，仿佛有人在地下点燃了火炬。即刻之间，光束和金鼹鼠就消逝得无影无踪。

远处传来狗吠，提米借着燃烧的火光辨认出正朝他们走来的姨妈和韦利的身影。

爷爷坐在轮椅上，低声说道："小伙子，盒子还在你这里吗？"

魔盒就放在提米脚旁。

“把它给我，”爷爷低声说，“我们还有最后一件事要做。”

提米拿起魔盒交给爷爷，老人快速地把它放在毯子底下，以防他人看见，爷爷又把手指放在嘴唇上示意保密。

比丽丝姨妈上气不接下气地走了过来。

“提米，我，”姨妈停顿一下，说完“我”之后喘了口气，“我真高兴你……”她喘着气接着说，“从那个可怕的地方逃出来了。”

姨妈还想说什么，但欲言又止，只有嘴唇颤动却不出声，对姨妈来说这种表达方式十分罕见。提米、霍勒斯和韦利都耐心地盯着她，等着她把气喘匀。

“有人谣传，教授和露丝普小姐在火灾中丧生了。”

她转向韦利，

“韦利，你怎么看？”

韦利躺下用前爪捂住眼睛好像在哭泣。

“提米，你看，韦利也很难过，过来吧，亲爱的。”姨妈说着把韦利抱了起来，放在肩上，好像披上了一件狐狸皮大披肩，然后转身去观看大火。比丽丝姨妈看不到此时的韦利，它正耷拉着脑袋得意地注视着提米，并晃动着爪子做出向前推的动作。

姨妈把韦利放回到地面，推着霍勒斯回到小路，她的汽车停在路肩上，斜角过陡，似乎不费吹灰之力就会翻倒过来。提米又站了一会，看着整座建筑完全倒塌，最后的余烬如倒流的瀑布一般飞向空中，火焰的光芒开始逐渐消失。

“过来吧，亲爱的。”姨妈从车门旁叫着提米，提米紧跑几步上了汽车。

……

等大家一起回到了姨妈家，有关韦利怎么把提米从失火的乡村城堡里拖拽出来的故事，姨妈已经编得八九不离十了，并在给提米妈妈的电话里讲述了这些曲折离奇的情节。

“要是姨妈知道全部真相就好了。”提米心里暗想。

姨妈放下电话，大声宣布提米的父母很快就要来接他们回家，而且今晚就走。

果然，提米父母两小时以后就到达了姨妈家，提米和爷爷提前等候在姨妈家大门口。

“亲一个？”姨妈问提米。

提米坐上了汽车后座，姨妈弯下腰和他吻别，她下巴上那根尖尖的毛发又一次扎到他的脸颊，他本想逃脱，但他心里清楚此时不应该惹姨妈不高兴，毕竟这些天和姨妈在一起分享了太多的乐趣。

“下次见，提米。别像个陌生人，韦利什么时候都想见你，它喜欢有个玩伴，是吧亲爱的？”

汽车启动了，提米回头看着比丽丝姨妈，她怀里紧紧抱着韦利，并用手挥动着它的一只爪子示意道别。

回家的路上，提米靠着爷爷的肩膀很快就进入了梦乡，过了会儿他动了动身体，爷爷听到他嘴里喃喃地说道：

“塔尔帕将会选择。”

尾声

提米陷入噩梦中，梦见教授和露丝普正从镜子室的洞口往地下迷宫里坠落，教授疯狂地伸手去抓一同下落的魔盒。一番惊吓后提米醒过来，环顾卧室寻找魔盒，但四下里都没有找到，昨晚他太累了，恍惚记得把魔盒交给了爷爷。

新的一天开始了，他想起昨晚跟爷爷道晚安时，爷爷特意叮嘱他：“明天早点儿起啊。”

提米迅速穿好衣服，跑下楼。

家里一片静悄悄，菲戈从它的“睡榻”上挣扎着站起来迎接提米，然后很快又卧下去接着睡了。

他穿过厨房，顺手抓了一片面包，然后去找爷爷，这时是早晨6点半。当他穿过“缓冲地带”打开爷爷的房门时，爷爷在轮椅上睡着了，花斑猫菲菲也乖巧地睡在爷爷的大腿上。爷爷已经吃过早餐，桌子上的盘子里还有鸡蛋壳。

“爷爷，爷爷。”提米低声叫了两声，不想把老人猛然惊醒。

提米的声音就像一台神奇的自动定时装置，爷爷和菲菲一下都醒了。就在房门关上的那一刻，花斑猫一闪就不见了，刚醒来的爷爷两只眼睛有点发直地望着前方，尚未弄清自己身在何处，他已经戴好赛车帽，魔盒就放在大腿上。

“您要出门去什么地方吗，爷爷？”提米问。

爷爷发出一阵爽朗的笑声，他转头看着提米。

“哦，提米来了，我没想到你能起这么早。”

提米又问了一遍。

“您怎么这么早就穿戴好了，要去什么地方吗？”

爷爷咯咯一乐。

“不是我，是我们要去个地方。”爷爷一边说，一边摇着轮椅走向桌子，拿起一条旧薄围巾，慢慢地围在脖子上。

“我们出门吧，小伙子，走吧，走吧。”

爷爷抓住两个轮子，秀了一个后轮支撑的车技，朝门口走去。

“等一下，爷爷，我去换双鞋。”

提米赶回屋里，抓起他的旧帆布鞋，踩着鞋帮，边跑边穿。他追上已经走在花园小路上的爷爷，抓住轮椅把手推着爷爷往前走。爷爷不时把手伸下去，让轮子转得更快些。

“为什么这么急，爷爷？”提米不解地问。

“一会儿你就明白了，一会儿……”

尽管太阳已经露出了头，但秋天的早晨还是相当寒冷。提米宽松的旧套头衫实在不能胜任此时的保暖功能，他真希望多穿一件外套或更厚一些的衣服，不过，他发觉推着爷爷很快就热乎起来了。

“哎呀，几天不见您长胖了。”提米一说完，爷爷哈哈一笑。

提米没等爷爷说出目的地，心里就很确定他们要去哪里了。

“我们要去大橡树，提米，你还记得那棵树吧？”

“记得，但为什么要去那里呢？”

“我必须把它还回去，”爷爷说。

“把什么还回去？”

老人停下车轮，回过头来。提米差不多猜到爷爷要模仿鹦鹉嘴里发出“八个里亚尔”的腔调，说出“啊哦，小伙子”，但爷爷说出来的却是：“这个魔盒，当然是属于鼹鼠的，我们要将本属于它们的东西归还回去，当鼹鼠求助人类的时候才会使用它。你明白吗？”

提米表示不明白。

爷爷目视前方，双手又开始转动车轮。他们朝那棵大橡树走去。

“你会明白这个道理的。”老人喃喃自语，“你会明白的。”

提米继续推着轮椅。让他感到高兴的是，天气转凉也有好处，地面变得比较坚硬，在起伏不平的耕地上推轮椅变得轻松很多。

“我还是不明白，”提米问爷爷，“为什么要还回去？”

“这种事儿，你就得还回去。魔盒不是礼物，只是借用品。”

“那它们为什么要出借？”

“重新向灯台里添满油，这就是它们的诉求。”

“您是指鼹鼠的灯塔？”

爷爷咯咯地笑起来，一直笑得喘不上气，咳嗽几声才恢复。他掏出手帕，轻轻擤了擤鼻子。

“对，提米，很棒，你总结得很准确。鼹鼠的灯塔，有了它，在地下时它们就不再东撞西碰，知道了往哪里走，好极了，非常好。”爷爷又笑了起来。

“加油提米，再用点力，帮你物归原主，小子。”

“但是为什么教授也那么想得到这个灯塔？”

“自负和贪婪害了他。他不仅仅想向众人展示一种新颖的能源，而且他更想炫耀他做到了利用新能源为世人提供永恒之光，这个过程还能牟利。”

“难道这不是一件好事吗？这样一来我们就可以拥有源源不断的光了。”

爷爷停下轮椅。

“提米，过来。”

提米走到爷爷面前，弯下身，和爷爷平视着。

爷爷郑重地说：

“世界上有许多很珍贵的东西，他们奇妙得就像有魔力附体。如果人们领略了这些宝物的神奇，欲望哪里会有止境呢？他们就会深挖洞，找灯笼，把鼹鼠世界搅得天翻地覆，找得频繁了，灯笼就泛滥了。长明灯下谁还能安稳的酣睡？没有安睡，我们就会失去做梦的能力，那时我们会在哪儿呢？不，小伙子，我们不能拥有它，要给它保守秘密。现在，目标大橡树，再推我几下，来吧。”

大橡树越来越近，提米停止推动轮椅，独自走过去看看大树洞，依然如故。他回到爷爷身边，把轮椅推到大树跟前，然后踩下刹车。

“提米，拿着盒子，放回树上原处。”

爷爷把魔盒捧在双手里，它的重量坠得爷爷的背有些弯曲得吓人，提米担心他会从轮椅上掉下来。当提米拿着魔盒转向大树时，一道道明亮的光线从树洞中流淌而出，就像打开了一扇门，然后又渐渐变暗。

片刻之后，一只金色小鼹鼠——提米曾经的旅伴，从黑暗中走了出来。它是怎么来到这里的？要知道从比丽丝姨妈家到这里大约有60英里。

金鼹鼠不出声地拍拍爪子，又打个嗝。

周围的地面开始以提米熟悉的方式沸腾起来，先是鼹鼠们开始陆续现身，然后地面涌出鼹鼠丘，轮椅前面出现的3个比其他地方的都大得多。一通忙碌过后，鼹鼠们从地下推出来三个小东西，提米一眼认出，那是薄盒子中的三只熟睡金鼹鼠，它们紧贴在方尖塔的足印上随之下降到地下迷宫中。

提米逐个捡起，拿到魔盒旁边。他把最下层的薄盒子从整体单独分开，又轻柔地把这些小精灵身上的泥土吹落，然后把它们逐个放回盒内，重新躺在睡槽中，再熟练地把薄盒子装回，使魔盒再成一体。

金鼹鼠摆出一个好像在鞠躬的姿势。它又重复了一次，但这次鞠躬的同时却伸出一只爪子指向洞口，示意把魔盒放回树中。

提米回头看了一眼爷爷。

“去吧，小伙子，是该放回的时候了。”爷爷说。

提米跪在树前的洞口处，那只金色小鼹鼠走近提米，在他的手背上蹭蹭它的皮毛，提米知道这是道别。

提米把魔盒放进树洞里之前，他抚摸了一会儿这只小动物的后背，它高兴地拱起身子，然后朝树洞走去。一会儿，金鼹鼠从树洞里转过身来，就像引导一辆卡车进入狭窄的空间一样，它开始精心指点魔盒的安放位置。

提米依依不舍地把魔盒推进去，位置严丝合缝，这时他听到从树洞里传出一声微弱的离别呼唤——“Pweeeze”。

一直围拢在四周的鼹鼠们开始走上前来，沿着轮椅下方和提米腿边运动，然后站在暴露在外的那部分魔盒上，它们各自重复一遍击掌欢呼的动作。而后，每只鼹鼠在魔盒前面添加一捧土，与此同时，其他鼹鼠则在大树干周围堆起小土坡。

很快，几百只鼹鼠就在大树周围堆好并压实了厚厚一层土，完美至极，旁人根本看不出地面高度曾经发生的变化，魔盒也隐匿得毫无痕迹。一切就绪，鼹鼠们来得快去得也快，顷刻之间无影无踪。

提米和爷爷在大橡树前目睹着一切。提米有些伤心，前前后后真是一场历险。他站在大树前，想永远记住这一天，伸出手再去摸一摸这棵老橡树。

这时他身后有个呼喊的声音传来：“跟你赛跑回家，提米。”

提米把手从大树移开，回头向后看。本以为爷爷还在身后不远，但现在不见了，只有自己形单影只。往远处一望，一个即将消失的身影，正在耕过的田地里起伏跳跃，轮椅正以惊人的速度驶向回家的方向。

“老奸巨猾。”提米大喊。

爷爷的回复却是：“呦呦呦呦呦呦，哎呦！”提米快速跑过去营救爷爷。

“谁会赢？”提米中途听见爷爷又喊了起来。

提米稍一思考，高声回答：“塔尔帕将会选择。”

提米全速追上了爷爷，他们彼此笑个不停。